僕の部屋がダンジョンの休憩所になってしまった件

「こ、怖かったです……」

「こ、この服、太ももとかお尻とか
見えていて恥ずかしいんだけど、
本当にステータスアップしているの？」

僕の部屋がダンジョンの休憩所になってしまった件

東国不動

イラスト
JUNA

1　訳あり物件はダンジョンとつながっていた件

「2LDKで月3万円……ひょっとして……この部屋……幽霊とか出るんじゃないですか？　ははは」

〝幽霊〟という非現実的な言葉を出すのが、僕は少しだけ恥ずかしかったので冗談めかした。

もっともコミュ障なので、うまく冗談めかせているか自信はない。

それでも不動産屋は冗談と受け取ってくれたようだ。

「ははは、お客さん、冗談はやめてくださいよ。幽霊なんて出るわけないじゃないですか」

そうだ。何も心配いらない。マンションやアパートなどの賃貸物件で事故があった場合は、入居者にそれを告知しなければならない法律があるとか聞いたような気がする。

スーツ姿なのに胡散《うさん》臭さを漂わせる不動産屋であっても、ここが日本である以上、法律によって罰則を受ける可能性があれば、おいそれと嘘《うそ》はつかないだろう。

「ですよねぇ。ははは」

「ボソ（まあゴブリンとかスライムが出るって話だけどな）」

ちょっと待て。聞き逃さなかったぞ。

この男、僕の愛想笑いに合わせて、ごく小さい声だが間違いなくおかしなことを言った。

「あの……何か言いました?」

「じゃあ、この契約書のここに名前を大きく書いてください。ここにはハンコをポンッって押してくださいね〜」

明らかにヤバイ予感がする。

ゴブリン? スライム? 僕が好きなゲームやラノベに出てくるモンスターの名前か?

ヤバイッ、ヤバイッ、ヤバイ! 僕の第六感がそう告げている。

だが、東京都下で1階とはいえ、都内の2LDKのマンションの家賃が月3万円という魅力には抗《あらが》えない。

そう、僕はとある事情から大学を中退した、悲しいバイト戦士なのだ。家賃は安ければ安いほどいい。

チラッと目の前の男を見た。

現実感アリアリの殺風景な事務所にいるヤクザ風スーツ男の口からゴブリンなんて言葉が出てくるわけがない。

そう思っていた時期が僕にもありました。

僕は契約書にハンコをポンッと押して名前を書いてしまった。

鈴木透《スズキトオル》と。

◆◆◆

「おーけー。そういうことね」

マンションの玄関から出ると廊下が〝ダンジョン〟になっているってわけだ。

何でダンジョンってわかるかって？

「玄関のドアを開けたら真っ暗だったからスマホの懐中電灯機能を使って照らしたら、廊下が自然岩の石張りになっているって……ダンジョンじゃんよ！」

完全に事故物件だよ。というか事故物件ってレベルじゃない。

いやいや、ちょっと待て。何かの間違いかもしれない。冷静に思い返してみよう。

昼頃にあの胡散臭い不動産屋とマンションに来た。鍵を渡されて……。

「あっ、そういやアイツ逃げるように帰っていったぞ！」

やっぱり不動産屋は知っていたんだ。

そして後から来た引っ越しの業者さんが荷物を運び入れて帰ってからは、僕はずっと1人で荷ほどきや整理をしていた。

お腹も減ってきて夜になったから、夕食を買いにコンビニに行こうとした。

——で、玄関から外に出ようとしたら、廊下がダンジョンになっていた。


結局、落ち着いても結論は何も変わらなかった。

どうりで契約を急がせるわけだ。

一度、誰かが住んだ後は事故物件であることを告知しなくていいとか聞いたことあるしな。

あの胡散臭い不動産屋は、ゴブリンとボソッとつぶやいて告知したつもりなんだろう。

「つうかコレ生きて帰れるんだろうか。あ……生きて帰れるかって、考えたらここがもう僕の家じゃんか……」

僕は静かに玄関のドアを閉めて鍵を回した。

玄関のドアは頑丈そうだ。

暴漢には有効に作用すると思う。

「暴漢には有効でもゴブリンやスライム、あ、あるいは……ドラゴンにはどうなんだろう……」

マンションの廊下ならぬ、ダンジョンの廊下の左右も先ほど確認したが、パッと見たところゴブリンもスライムも近くにはいなかった。

しかし曲がり角の向こうには、ゴブリンどころかドラゴンがいたっておかしくない雰囲気の世界だった。

安心は全くできそうにない。

２ＬＤＫのリビング兼ダイニングに置いてある椅子に座って頭を抱え込んだ。

そういえば、ドタバタしていて夕方から部屋の電気をつけることも忘れていた。

真っ暗な部屋に窓から街灯の明かりが降り注ぐ——。

「街灯の明かり⁉」

頭を上げて窓の外を見ると……電柱に街灯と、まぎれもなく日本の光景だった。

「どーなっているの？　まさか！」

僕は玄関から靴を取ってきて、オタクグッズ置き場にしようとしていた和室の大きな窓から外に出てみた。

都市特有の素晴らしい排ガスの匂いがした。

ビルの明かりに街灯の明かり、車のライト、すぐ先にはコンビニと総合ディスカウントストアのトンスキホーテの明かりが夜空の星々の光を圧殺している。

暗闇に支配された石張りの通路の世界とは似ても似つかなかった。

「普通の日本……立川市の街中だ……。このマンションはどうなっているんだ？」

もう1回、先ほど外に出た窓からマンションの和室に戻る。普通に戻れた。

「ひょっとして、玄関から出るとあのダンジョンにつながるのか？　ってことは何だ？　つまり……」

窓から出入りするだけのデメリットで、都内の２ＬＤＫのマンションが月３万円ってことなのか。

事故物件どころかいい物件かもしれないぞ。

つうか、むしろダンジョンとか楽しそうじゃね？

ダンジョン探索とか男のロマンだろ。

自分で自分の冷静さに驚いていた。

「僕が冷静になれるのも、ゲームとかラノベに浸りすぎたせいかもな。あのヤクザなら……本当は不動産屋だけど、きっとションベンちびって１日もあんな部屋にはいられないよ。くっくっく」

僕はルンルン気分でコンビニとトンスキホーテに向かった。

2 ダンジョンに倒れていた女騎士をお持ち帰りしてしまった件

ゲーマーたるもの、ダンジョンを探索する理由は『そこにダンジョンがあるから』だろう。

そこまで格好つけなくても、ゲームの世界にしかないダンジョンだぞ。

やっぱり無理だ、また引っ越そう、となるかもしれないけど、その前に少しぐらい冒険しておきたい。

「それにしても総合ディスカウントストアというだけあって、トンスキホーテはすごいなあ。まさかヘッドライト付きヘルメットに登山用のピッケルまで売られているとは……」

もちろんトンスキホーテには鉄の鎧《よろい》のような防具こそないが、ダンジョン探索用のライトと武器としては、どちらも最高なのではないだろうか。

特にこのヘッドライト付きヘルメットは、松明《たいまつ》やランタンで冒険している世界だったら、伝説のアイテムレベルかもしれない。

コンビニとトンスキホーテでさまざまな食料とアイテムを買い込んで、マンションに戻ってきた。

一息ついてから玄関の扉を見る。

「行くか……ダンジョンに！」

まずは玄関のドアに耳を当てて、おかしな音がしないか確認する。

「とりあえず、ドアを開けたらすぐにゴブリンが襲ってくるということはなさそうだ。スライムは……音するのかね……？」

僕は玄関のドアをそっと開けた。

ヘッドライトが暗闇を照らす。

スマホの懐中電灯機能とは段違いの光量だ。

「あれ？　通路かと思っていたけど違ったみたいだ」

どうやら部屋のドアの前に大きな柱があって、その向こうにはさらに大きな空間というか部屋があるようだ。

もし縦横が同じ大きさなら、広さは25ｍプールぐらいだろうか。

柱を通路の壁と思ってしまったらしい。

「まさか柱の死角の向こうから急にゴブリンさんこんにちは、にならないだろうな」

玄関のドア越しではなく、今度はじかにダンジョンの空気から音を聞こうと必死になる。

「……！」

大軍ではないと思う。思うけど……柱の向こうの奥から息遣いらしき音が聞こえるやんけ……。

「ゴ、ゴブリンか」

僕は今、体の半分だけ玄関、半分だけダンジョンという状態だ。

ゴブリンを目視するためには、完全に玄関から出て柱の影から顔を出さないといけない。

「いたとしてもたぶん1匹。それに本当にいたら走って玄関に戻ればいい。よし行くぞ！」

ああ、よせばいいのに。あの不動産屋なら絶対にやらない。

僕はゲームのやり過ぎなんだろうなと思いつつ、ダンジョンに足を踏み出した。

玄関の扉が消えるということもない。

逃げ道を確保しつつ慎重に歩を進め、柱の陰から部屋の奥のかすかな音を立てている方を覗《のぞ》いた。

「ひっ！　いた！　ゴブリン！」

無機質な岩肌の壁と床に、明らかに有機的な肉体が横たわっていた。

僕はすぐに柱の陰に引っ込む。

めっちゃ驚いた。驚いたが……。

「どうやら弱っているゴブリンかもしれないぞ」

そのゴブリンは牙をむき出しにするでもなく、こちらの光の方を見るでもなく、ただ横たわっているだけだった。

何かが倒れていることに驚いたけど、最初に息遣いらしき音を聞いた時よりも恐怖は少なくなった。

罠の可能性もあるが、見た瞬間、直感で弱々しさを感じるのだ。

どうする。もう一度確認するか。

「ここまで来たんだ。するしかないよな」

慎重に柱の陰からゴブリンを覗く。

先ほどよりはだいぶ長い時間ゴブリンを観察して、ゆっくりと柱の陰に戻った。

「つうか……あれ……ゴブリンか……?」

有機物に感じた物体はゴブリンの太ももだったらしい。肌色が妙に艶《なま》めかしかった。

よく見れば、上半身は鎧を着ていて、近くには盾が転がっていた。

そしてライトに照らされると、黄金のように美しく反射する金髪が石床に散っていた。

「ゴブリンじゃなくて……人間の女性っぽいぞ……しかも、ひょっとしてゲームでよくいる……お、女騎士なんじゃないだろうか?」

遠目での確認だが、やはり大きな柱のずっと向こうの暗がりに倒れているのは、ゴブリンではなく女騎士に思える。

〝女戦士〟ではなく〝女騎士〟と判断したのは、太ももを開《はだ》けさせていてもどこか気品を感じさせたからだ。

どこかの英雄召喚の物語に出てくるような美しい女騎士。

少なくともその可能性がありそうだ。

胸の鼓動の中に緊張感ではない高揚感が混じる。

しかし、本当にゴブリンではないといえるのだろうか。

怪しいところがないといえば、嘘になる。

ひょっとしてあの女騎士は釣り餌なのではないか。

それ以前に状況のすべてが怪しい。だが。

「普通、人はこんな冷たい石床には寝ない。本当にあれが人間なら、すなわち危機であるということだ」

助けなくてはならない。

死んだおばあちゃんに、人には親切にしろと言われている。

女性、しかも死にそうになっている……かもしれない女騎士さんならなおさらだ。

「ここで勇気を出さなきゃいつ出す。日本の村人Aだってやるときゃやるんだよ！」

そう自分に言い聞かせてピッケルを持つ手に力を入れる。何の音も聞き漏らすまいと恐る恐る進む。

足を踏み出す前に床をピッケルで何度も叩《たた》く。

柱から顔を出して周囲を確認。柱の死角にもゴブリンはなし。

女騎士さんは全く動かないが、かすかに嗚咽《おえつ》を漏らしている……ように聞こえる。

ゴクリという音が喉からして、自分が唾を飲んだことに気が付く。

どういうことだ？　女騎士さんは石床に横になりながら泣いているのか？

強力なヘッドライトで何度も照らしているのだ。

こちらに顔を向けてもいいんじゃないか？

罠なのか、それとも危険が近くにあるのか？

先ほどの高揚感はすべて吹っ飛び、極度の緊張感に支配される。

しかし、もし危険が迫っているなら早く助けないと命に関わるかもしれない。

僕はついに大部屋の柱の陰から足を一歩踏み出す。

もちろん一番気になるのは女騎士さんだが、それだけに意識をとらわれてもいけない。

壁、天井、床、ありとあらゆるものをヘッドライトで照らして確認しながら慎重に進む。

胡散臭い不動産屋の事務所に入った時の１００倍は緊張している。

かなり女騎士さんに近づいた。もうゴブリンと見間違えることはない。確実に女騎士さんだ。変装の可能性も極めて低い……と思う。

おそらくとても美しいだろう顔も見えつつある。

だが先ほどから段々と大きくなってきている音は、ハッキリと女騎士さんの嗚咽とわかった。

「ひっぐ、ぐす……」

なぜ泣いているんだろうか。しかも、やはりこちらを見ないで上を向いたままだ。

大部屋を隅々まで照らせるようになったヘッドライトが、この部屋には女騎士さん以外に誰もいないことを教えている。

だが女騎士さんの数歩先には部屋の向こう端の石壁があって、頑丈そうな鉄の扉とスイッチのような石のボタンがある。

やはり釣り餌なのだろうか？

あそこから大量のコブリンが出てくるのか？

慎重に慎重に。今までの僕の人生の中で最も慎重に行動しなければ、即デッド・エンドだ。

僕は声をかける前に小さな石を拾って女騎士さんに投げてみた。

意外にも一発で鎧に命中。

「ひっ、ひっ。やめて」

え？　日本語？

いや違う。日本語ではない。

英語ですらない謎の言葉なのだが、僕の耳には日本語のように……というか意味が通じて聞こえた。

ますます罠である気もしたが、同時に目の前にいる女性の怯《おび》え様は真に迫っていて、演技とは思えなくなってきた。

勇気を出して声をかけてみることにした。

「あ、あの……大丈夫ですか？」

「こ、来ないで！」

「だ、大丈夫かどうか言ってくれないと、日本語と変な言語で意味が通じてるかわかんないです」

「い、いいから来ないで！　お願い！」

僕は幾分、冷静になった。少なからず情報を得ることができたからだ。

とりあえず日本語と女騎士さんの聞いたこともない言語で意思疎通はできること。

女騎士さんは動けないでいるようだということ。

「い、今からそっちに行きますよ」

「こ、来ないでって言ってるじゃない！」

「だってアナタ動けないでしょう？」

「動ける！　動けるわ！」

「いや動けてないし……」

どう見ても演技には見えない。もし演技だとしたらこの女騎士さんは女優だ。

まあ遠目から見ても女優並みにお美しいお顔をなさっているが。

いや女優よりも美しいかもしれない。

来ないでという叫びを無視して、慎重に歩を進める。

「今、助けます」

「や、やめて、犯さないで、殺さないで」

は、はい？　今この女騎士さん、何かおかしな事を言ったぞ。

もう女騎士さんは数歩の距離だ。

「今、何て言いました？」

「お、お掃除とかお洗濯とか何でもしますからっ！　殺さないでっ！　ゴブリン様っ！」

「ゴ、ゴブリン⁉」

わかった。どうやら僕と女騎士さんは、この真っ暗なダンジョンの中でお互いにお互いの存在をゴブリンだと思っていたらしい。

しかし、僕はすぐに女騎士さんをゴブリンではないとわかったのに、ここまで誤解されるのは悲しい。

こう見えても、おばあちゃんから透はカッコイイねと言われていたんだぞ。

ゴブリンと一緒にするな。

「あっそうか。ヘッドライトか!」

よく考えたら、僕はヘルメットについているライトで彼女を見ている。

彼女からしたらまぶしいだろうし、僕の顔は影になってよく見えていなかったに違いない。

しかも彼女は何らかの理由で首を動かすことができないようなので、横目で見るしかない。

僕はヘルメットを外して、自分の顔をよく見てもらうために彼女の目の前に顔を移動させ、下からライトで照らした。

「ひっひいいいいいいいいいぃ!」

彼女は美しい顔を引きつらせて気を失ったようだ。

「失礼だな!」

そうは言ったが、暗い場所で顔を下からライトで照らすとかなり怖い顔になることに僕は気が付いた。

「彼女、相当怯えていたのに……やっちまった……でも生きてはいるみたいだぞ」

調べたところ外傷もないようだ。

鎧の鉄板越しからでもわかる豊かな胸の鼓動……もとい脈拍も正常っぽいし、息もしている。

「なら、どうして？　あっ……」

僕はあることに気が付いた。

彼女の股間のあたりから、ヘッドライトの光を黄金色に反射させる液体が流れ出ていることを。

身体的な危険シグナルか、気を失うほどの恐怖によるものかわからないが……。

「ここに置いといたら危険かもしれないし、何よりきっと恥ずかしいよね」

ダンジョンには救急車も来てくれないだろう。

僕は彼女をある安全地帯に運ぶことにした。

そう、僕の新居であるマンションの部屋だ。

ピッケルをベルトに差して彼女を背負うことにした。

「女騎士さんの両腕を僕の首に回して……ふ、太ももを担いでよっこいせ。お、重い！　盾はとても運べないから置いていくしかないな」

僕は彼女の太ももをしっかり握って、ヨロヨロと自分の部屋に戻っていった。

最初は最高の触り心地だと思ったが、黄金色の水で持ちにくくってしょうがない。

その上、僕の服までびしょびしょに濡れてしまった。

「ぐおおおお！　はぁっはぁっ！」

何とか女騎士さんを玄関まで運びきり、後ろ手でドアの鍵を閉めた。

U字ロックも閉めたいところだが、まずは女騎士さんを寝かせないととても無理だ。

2LDKには自慢のリビングの他に2部屋ある。

洋室と和室だ。

「問題はどちらの部屋に女騎士さんを寝かせるかだが……」

和室はオタクグッズ置き場。そして新たに現実世界に出るための窓がある。

洋室は寝室にする予定だ。組み立て式のベッドとマットレスも届いてはいる。

「オタクグッズは真っ先に開けてしまっているから和室は使いたくないんだが、今からベッドを組み立てるのは不可能だ。和室の畳に寝かすしかないか……」

騎士さんを畳に寝かしてベッドシーツをかけてあげる。

「緊張と肉体労働で疲れきったよ……」

玄関のドアに耳を当てて物音がしないことを確認した後、U字ロックも閉めた。

これからどうするか……。決まっている。

い。

「和室に戻るか」

案外、和室に戻ったら騎士さんは煙のように消えていて、すべてが夢だと思えるかもしれない。

もちろん消えていなかった……。

女騎士さんは寝かせたままの姿勢で気を失っていた。

救急車を呼んであげようかとも思ったが、何て説明していいかわからないし、救急隊がダンジョンに巻き込まれる恐れもある。

それに彼女の容体も悪化しているようには見えなかった。

胸の上下運動……もとい呼吸も荒いようには見えない。

「鎧や濡れた服を脱がしてあげたいけど、それはセクシャルハラスメントになるだろうか。それにしても……」

美しい。しかも気品がある。

まるで整った人形のような顔だ。

これでまぶたを開けたらどうなってしまうんだろうか。

「けど引っ越しと極度の緊張と肉体労働の疲労で眠く……」

畳の上で女騎士さんを見ていたら眠くなってしまった。

彼女さえいなかったら確実に寝ている。

けれど、さすがに女性を連れ込んで寝るわけにはいかない。

誤解の……もとだ……。

◆◆◆

「大賢者様、大賢者様」

遠くでハープのような音が聞こえる。

ハープの音色を知っているかって？　知らない。

とにかくそれぐらい美しくて優しい音だということだ。

ずっと聞いていたい。

「大賢者様！」

「うひっ！」

ハープの音が急に大音量になる。

「あ、起きられましたか？」

どうやら寝てしまって……、ダンジョンに行ったり、女騎士さんを運んだり、変な夢を見ていたようだ。

まぶたをこすって視界を確保しようとする。ああ、引っ越し先の和室だ。

引っ越しで和室に棚を作り、そこにフィギュアや薄い本、漫画を入れながら寝てしまったみたいだ。

それにしてもこんな素晴らしい枕あったっけ。

柔らかくて暖かくて。とても気持ちいい。

ちょっとおしっこ臭い気もするけど、とてもとても気持ち……。

「イィッ！　枕じゃなくて女騎士さんの太ももじゃんかっ！」

跳ね起きて下を見る。女騎士さんは目覚めていた。

夢でもなんでもなかった。本当にダンジョンから女騎士さんを運んでくつろいでいたら、そのまま寝てしまったようだ。

しかも女騎士さんの太ももの上で。

女騎士のファンタジーっぽい鎧のデザインが今日ほど恨めしかった日はない。

動きやすさとかもあるのかもしれないけど、そんなに露出させていないで太ももも差別せずに守ってよ！

「すすすす、すいません。つい寝ちゃっただけなんです」

「そ、そんな、わかってますよ。気持ちよさそうに寝ていらっしゃったのに起こしてしまって、私《わたくし》の方こそ申し訳ございませんでした」

どうやら怒っていないようだ。変な誤解もされて……。

「上に乗られていたので申し訳ないと思いながら声をかけさせていただきましたが、このような寝心地の良い場所にいれば眠くなるのは大賢者様でも詮《せん》なきことでしょう」

何か変な誤解をされているよ。

大賢者って何さ。

それと寝心地の良い場所っていうのは、畳のことなのか太もものことなのか。

「い、いや大賢者じゃないし。ゴブリンに間違われるよりはずっとマシですけど」

「あああ。も、申し訳ございません。大賢者様のご尊顔が見えなかったことと、モンスター語を話されるので、失礼ながら……ゴブリンかと」

「へ？　モンスター語」

「えぇ。今も話していますよね？」

オーケー、僕はすぐにわかったぞ。つまり女騎士さんの認識……というよりダンジョン側の世界の認識じゃ、日本語がモンスターの言語なんだな。

ゴブリンと間違われるわけだ。

そして今は大賢者と間違われている。

「大賢者でもないのですが」

「ち、違うのですか？　ダンジョンの深奥にこれほど不可思議な場所を作り住まわれているので、てっきり隠遁《いんとん》された大賢者様かと」

なるほど。そういう解釈か。

盾や鎧という防具からして、ダンジョン側の世界はおそらく中世レベルの科学技術なんだろう。

現代の防具だったらケブラー繊維の防弾チョッキになりそうだ。

この文明の利器に溢《あふ》れる日本の部屋を見たら、大賢者の創り出した場所と考えるのも無理はない。

「適度な硬さのどこでも寝れる床。本当に素晴らしいですね。しかも……いい匂いがします。あぁ……いつまでも寝ていたい」

……女騎士さんは、うっとりとしながら畳を撫《な》でている。文明の利器の中で畳をお気にめしたようだ。文明の利器というよりは、日本の伝統工芸だった。

いや僕も新しい畳の匂いは大好きだけどね。

「それにあの精巧な人形の数々。剣を持っている方もいますね。きっと魔術的なものとお見受けしましたが……大賢者様ではないのですか？」

「いやー大賢者！　大賢者です！　もちろんこの人形は魔法的な物で、怪しい物ではありません！　あははは！」

「で、ですよね。実は人間に仇《あだ》なす、闇の魔導師かもしれないと思って少し不安だったのです。人形が少し……その……半裸のようなものもございますし……」

「まさか、まさか。正義の大賢者ですから！」

僕がそう誤魔化すと、女騎士さんは満面の笑顔で微笑《ほほえ》んだ。

「そうですよね。私《わたくし》をここまで運んできて命を救ってくださったんですから。本当にありがとうございます」

や、やばい。この笑顔は……。

僕は大学を中退してからというもの、バイト先でちょっと話すぐらいで、まともに女の人と話してない。

女騎士さんの笑顔は、天上から舞い降りる天使のように光り輝いていた。

……もっとも、いまだに彼女は体をほとんど動かさないで畳の上に寝ているので、先ほど跳ね起きた僕が見下ろす形にはなっているが。

「ところで、何でまだ寝ているんですか？」

「ダンジョンで強力なマヒ毒を受けてしまったみたいで……でも、もう少しで動けるようになると思います」

なるほど。予想はしていたがそういうことでしたか。

「助けてくださらなかったら今頃死んでいました。大賢者様は命の恩人です。お礼に何でもします！」

「えええ⁉　何でもする⁉」
ゴ、ゴブリンみたいなこともしていいのだろうか。いかーん！　何を考えている透！
おばあちゃんが悲しむぞ！

「はい！　私《わたくし》、こう見えても騎士ですから！」

いや、そりゃ見ればわかるけども。騎士とか武士とかは義理堅いと相場が決まっている。異世界でもそうなのかもしれない。

「元ですけど……」

あっ元なのか。じゃあ義理堅くもないのかな？

「お気持ちはうれしいけど、忘れてくれてもいいですよ」

僕としてはモンスターが出るかもしれないダンジョンで、命がけの冒険で助けたわけだけど、別に何事もなくこうして無事だったんだし。

彼女は寝ながら胸を張った。

「いいえ、元騎士として御恩は一生忘れません！」

一生、忘れないだって？

一生、忘れない御恩……何でもする……。

こんな綺麗《きれい》な人にそんなことを言われたらうれしいし、ラッキーだけど……。女騎士さんは名前も知らない人にそんな約束してしまって大丈夫なのだろうか？

彼女の方は何の心配も疑いも抱いていないような笑顔をしていた。人の善意を疑わない性格なのかもしれない。

「名前も知らない人だしな」

僕は無意識に口に出してしまった。

「も、ももも申し訳ございません。失念していました。私《わたくし》の名前はアリア＝エルドラクスと申します」

「アリア、エルドラクスさん？　結構ごつい名前ですね」

「気軽にリアとお呼びください」

気軽にって言われても……。

こんな美人に下の名前で呼ぶのは難しい相談だ。幼い時のさっちゃんぐらいの記憶しかない。

考えたらそれもあだ名だ。サチコと呼んでいたわけではない。

リアさんは何とか上体を起こそうとしている。どうやら座ることはできたようだ。

「はぁはぁ……だいぶマヒ毒が消えてきました」

「そうですか。よかったです」

「ところで大賢者様のご尊名を教えていただけないでしょうか？」

「ごそんめい？　あー名前か。すず」

鈴木透です、と言おうとして踏みとどまった。

アリア＝エルドラクスという名前に鈴木では、いかにも不釣り合いなのではないだろうか。

日本中の鈴木さん、ごめんなさい。

と、心の中で謝りつつ言った。

「トオル……いや、トールです」

「トール様。すてきな名前ですね」

決して女性から下の名前で呼ばれたかったわけではないんです。

嘘です。名前で呼ばれたかったんです。

日本中の鈴木さんに再度謝る。

「それにしてもトール様は、これほどのアーティファクトを開発なさっている大賢者様でいらっしゃいますのに随分とお若いんですね」

「え？　アーティ？」

あー現実世界で急に言われたからわからなかったけど、僕がよくやるゲームやラノベに出てくるアレか。

要は魔術師が作るマジックアイテムのことだ。

中世の人がこの部屋を見たら、きっとアーティファクトだらけだと思うに違いない。

しかし、話はアーティファクトについてではなかった。

ダンジョンの深奥で隠遁生活を送る大賢者の僕が若いということだ。

天使のキョトンとした顔が、不審の恐怖を見せる前に誤魔化さなくてはならない。

「えーとえーと……旧帝をやめて……それで……」

「宮廷？」

「あーそうそう。宮廷魔術師に6歳でなったんだよね！」

実際は地方の旧帝大に入れたのに、とある事情で中退せざるを得なくなって、東京に行けば何とかなると考えて立川市に移り住んだ。

そして、市内のさらに家賃の安いここに引っ越したというわけだ。

「でも中退して……辞めてですね。それで趣味、いや魔術に打ち込もうとね」

「そうだったんですか」

「だから僕はまだ21ですよ」

「そんなにお若かったんですね！　それなら私《わたくし》と3つ違いです」

ん？　リアは24歳なのか。

いや違う。あまりに綺麗で気品があるから年上かと思ったが、笑顔はかわいく幼さも残っている。

24歳ということはない。なら……。

「リアは18歳？」

「はい！」

へ、へぇ。18歳か……いいね。

命がけで助けてよかった。そう言えば。

「体は大丈夫？」

「ええ。マヒ毒ですので、時間が経てば治ると思います」

なるほど、マヒ毒は時間が経てば治るのか。

自宅とダンジョンがつながっている僕としては重要な情報だ。覚えておこう。

もっとリアから情報を聞き出してもいいかもしれない。

「いつモンスターに襲われてもおかしくない状況で、意識があって目も見えるのに暗闇で……体も動かなくって……本当に怖くて……」

リアはブルっと体を震わせた。

そりゃ怖い。それでおしっこをしてしまったのか。

あっそうだ。

彼女はまだ自由に動けない体で、きっと気持ち悪い思いをしているに違いない。

「ちょっとお風呂にお湯張ってくるね」

「え？　お風呂？　ダンジョンに⁉　でもそんな、悪いですよ」

「いいからいいから」

まさか引っ越しして初めてのお風呂を女性、いや女の子に使わせることになるとは。

いつか〝彼女〟を作って使わせたいとは思っていたけれども、引っ越し1日目で使わせることができるとは思わなかった。

ありがとうダンジョン。

「ふむふむ。追い焚《だ》きはできるけど、お湯張りは自動じゃなくてカランでするタイプか。お湯を入れて……」

リアのいる和室に戻るか。

そろそろマヒも抜けて歩けるようになっているかも。

「って、えぇぇ!?　何で土下座!?」

和室に戻るとリアは土下座をしていた。

しかも思いっきりプルプルしとる。マヒがまだ抜けきってもいないのに、何でそこまでして土下座!?

「も、もももももも申し訳ございません。お風呂と言われたので気が付いたのですが……私《わたくし》、何てみっともないことを……」

どうやら僕がお風呂を勧めたことで、お漏らししたことに気付いたようだ。

「いや……マヒしていたらトイレもできなかったでしょ。僕も驚かせちゃったからしょうがないですよ」

そう言うと彼女は急に真っ赤な顔をガバッと上げて、僕の腰の辺りを弄《まさぐ》りだした。

「えええええ!?　ちょっと何？」

「ぬ、濡れている」

びっくりした。謎の行動は僕の服が濡れているかどうかの確認だったようだ。

「あぁ……リアさんを背負って運んだからさ」

「だ、大賢者様に……何ということを……」

「ま、まあ、そういう時もあるよ」

「ありません！」

そりゃそうだ。

大賢者様におしっこをひっかけるとか普通はないだろう。たぶんだけど。

リアは急にボロボロと泣き出した。

「す、すみません。大きな声を出してしまって……」

「いや、いいんだよ」

「許していただけても……もう私《わたくし》はお嫁には行けませんね」

あ、あー……なるほど。大きな声を出したり、泣いてしまった理由はこれか。

厳格な騎士の家とかだったら、そういうこともあるのだろう。

「行けなかったら僕がもらいたいよ……」

「えっ？」

や、ややややややばい。

リアがあまりに凹《へこ》んでいるから、元気づけるためについポロッと言っちゃったよおおおおぉ。

こりゃ嫌われるぞ。最悪、闇の魔導師が復活する恐れまである。

現に彼女は先ほどに輪をかけてキョトンとしている。そして僕の言葉の意味を飲み込むと、

「な、なななななな何言っているんですか⁉　大賢者様」

と言ってから真っ赤な顔をして顔をそらしてしまった。

いかん。避けられるかもしれない。

「いや、ま、まあさ。冗談……かも……ねえ……」

急に彼女が振り返る。

その顔は美しいが、肉食獣の獰猛《どうもう》さを見せていた。

これが女騎士の本性なのか。

「冗談……なんですか？」

「いや、言っていい冗談と悪い冗談ってありますよね」

彼女は笑った。だが何か威圧感のある笑顔だ。

「そうですよ。男子に二言はないですよね？」

「そ、そうそう、男子に二言はないですよ」

リアはとりあえず笑っているのだ。

理解は追いつかないが、合わせておくしかない。

彼女はまた真っ赤になってそっぽを向いた。

「お風呂行って来ます。どこですか？」

「ああ、待って待って。いろいろ教えることがあるから」

僕は彼女の手を引っ張って立たせてあげる。

顔をそらされても、手をはねのけられたりはしなかった。

「あ、ありがとうございます……」


とりあえず風呂に連れてきた。

ちなみに、今は使い方を説明しているだけで、もちろん服を着ている。

「す、すごい。一体、トール様の住まれているダンジョンの部屋はどうなっているんですか?」

そりゃ畳で感心しているなら当然だろう。

リアは風呂の中をキョロキョロと見回して驚いている。

もはや何に驚いているのかもわからない。

「ダンジョンっていうよりマンションのはずなんだけどね。響きが似ているけどさ」

「へ?」

「あーいや。何でもないです。これが湯船ね。この中に入るんです。わかる?」

「わかります! 貴族の邸宅や王家にはありますし」

ほうほう。金持ちの家ならダンジョン側の世界にも風呂はあると。

「でもいいんですか？　大賢者様の湯殿《ゆどの》を私《わたくし》などが使って」

「そんなことよりもシャワーはわかりますか？」

湯殿。昔の言葉で浴室のことだろうか。

もっとも、リアが話すのはテレパシーのような言語だけど。

リアはすまなそうな顔をする。

「あーいいんですよ。わかんなくたって当然です」

「す、すみません」

リアは体を縮めてさらに恐縮したような顔をする。

「いやいやいや！　本当にわかんなくたっていいんだって。大賢者の作ったアーティファクトはすごいだろうって見せつけているみたいなもんですよ」

「そうだったんですか」

「こんなダンジョンの奥に住んでいると、客も来ないですからね」

「なるほど。でもすごいかどうかは使い方がわからないと」

どうやらリアは正直らしい。おべっかを使ったりはないようだ。

そっちの方がいい。

「じゃあ使い方を教えますよ。この蛇口をひねるとお湯が出てきます。ちょうどいい温度に設定しといたから体洗うのに便利でしょ？　湯船と分けられるから衛生的だしさ」

僕はシャワーからお湯を出しながらリアに見せた。

彼女は無反応、無表情だった。固まっている。

「あ、あれ？」

やはり大したことなかったのか？

ちょっとふざけてお湯をかけてみるか。

リアは急に大きくビクンッとする。

「うわっ」

「ほ、ほほほ本当にお湯だ。火もないのにどうなっているんですかこれ？」

どうなっているかと言われても、水の圧力とガスの熱エネルギー？

「えっと、火魔法と水魔法？」

「何で作っている人が疑問形なんですか。でも本当にすごいですよ。戦争や戦いのアーティファクトを極める賢者様は多いけど、お風呂のアイテムなんて。ああ、早く使ってみたい……」

どうやらリアはお風呂好きだったようだ。

そして女騎士をしていても優しいことがわかった気がする。

「待て待て。早まるでない。これは何かわかりますか？」

「何でしょう？　ツルツルして見たこともない素材です」

ツルツルした素材か。そりゃプラスチックは知らないだろうからな。

リアが期待に目を輝かせる。

「ふっふっふ。これはねー。ここ押すと身体用の石鹸《せっけん》と頭髪用の石鹸、頭髪をサラサラさせる用の石鹸が出てくるのです」

「ほ、本当ですか？　やってもいいですか？」

「ああ、もちろん。ここだよ。軽くね」

「わわわ。液状の石鹸なんですね。泡立ちも良いし、すごくいい香りがします。お花の香りでしょうか？」

石鹸は昔からあるって知っていたけど、現在のようなプッシュ機能付きのプラスチックボトルに入った泡立ちがよい物はないだろう。

しかも花の香り付きだ。

リアは手に泡立ててうっとりとしている。

これ以上、お風呂をお預けするのは酷かもしれない。

「じゃあ大体説明したからリビングにいるね。鎧は脱いで磨《す》りガラスの外に置いといて。しばらくしたら着替えも外に置いとくから」

「ありがとうございます！」

この物件は風呂場の前に洗面所があって、洗濯機もそこに置けるようだ。しばらくすれば、彼女は洗面所に鎧を脱ぎ置くだろうから、僕はジャージとTシャツを持って行ってあげればいい。

ブラとパンツはどうしよう……。

まあ残念ながら……もとい幸運にもジャージは上もあるから、Tシャツを直接着て胸の凸がわかってしまうということもないだろう。

……やはり上はTシャツしかないって言おうか。いや、何を考えているんだ。おばあちゃんが泣くぞ。

「リア〜、着替え持ってきたんだけどもう浴室に入っている？　洗面所って言ってもわからないか。脱衣所に入って大丈夫ですか？」

「はーい。大丈夫です」

どうやらリアはお風呂を満喫しているようだ。

ジャージを鎧の横に置く…………………。

……………。

……。

今、気が付いたんだが、この物件は和室もあるのに変なところがオシャレで、この磨りガラスもプラスチック製の偽物じゃなく本物の磨りガラスだ。

しかも、磨りがかなり薄く、不透明感が少ない。

少なくともリアが湯船に浸かっているのではなくて、シャワーで体を洗っていることがわかる。

そして、鍛え上げられた抜群のプロポーションであることもわかる……気がする。

もっと見たいが、これ以上は闇の魔導師になってしまうギリギリの時間かもしれない。

「じゃ、じゃあここに着替えの服を置いときますよ」

「はい。何から何まで本当にありがとうございます♪」

彼女の声が弾んでいた。どうやら気持ちよい時間を過ごせているようだ。

僕はおばあちゃんの笑顔を思い浮かべながら、後ろ髪を引かれる思いで洗面所を後にしようとした。

「ひゃっひゃあああああああああぁ！」

うぇあっ⁉ 今、まさに出ていこうとした洗面所の奥からリアの悲鳴が響いているではないか！

「どうしました⁉」

「ああああああああああああああ！」

呼びかけてもリアは悲鳴を上げるばかりだった。

ひょっとしてゴブリンか？　はたまたスライムなのか⁉

いくらリアが騎士でも、剣も鎧もない。

くそ！　部屋の中は安全地帯かと思ったのに！

そうだピッケルは！　腰のベルトに差したままだった。

今行くぞ！

「リアアアアアアアアアァ！」

彼女の名を叫びながら磨りガラスを開ける。

いきなり何か透明なものが顔に飛んできた。

「ひゃあああああああつめてええええええええ！」

風呂場ではシャワーが蛇のように暴れて冷水を吐き出していた。

「ああああああああああああ！」

リアの悲鳴もまだ続いている。

僕は視界を奪われながらも状況の原因がわかった。

ゴブリンでもスライムでもない。

きっとリアが水量をマックスにして、それにビックリして温度調節を一番冷たくしてしまったんだろう。

あるいはその逆かもしれない。

蛇のように暴れるシャワーの蛇口をひねって水を止める。

「あはは。この物件、最大にすると結構水量があるんだな。調整はゆっくりしてね。それから温度の調整はこっちで……」

説明しながら、濡れた顔を手で拭って視界を回復させる。

げえええええええええええええ！

そこには文字通り生まれたままの姿のリアがいた。

「い、いや、その違うんだ！　あの、その、これは！　君を助けに来ただけで！」

僕はすぐに後を向いて、リアに言い訳をした。

背を向けたところで今さら手遅れだけど。

これは殴られてもおかしくない。

いや殴られるぐらいならいい。

ところが、シャワーの水で冷やされた僕の体は暖かい感触に包まれた。

「こ、怖かったです……」

えぇ？　どうやら僕は後ろからリアに抱きしめられたらしい。

小さな泣き声も聞こえる。

背中にはおそらく2つの……感触も感じるが、そんな気にはなれなかった。

彼女はいつ敵が襲ってくるかわからないダンジョンで、意識があるまま放って置かれるという死の恐怖を体感したばかりなのだ。

ちょっとしたハプニングで怖くなっても仕方ない。

彼女は震えていた。

「リア。大丈夫？」

「ごめんなさい。もう少し……」

僕は優しい気持ちになる。

彼女はまだ僕の部屋で休んでいた方がいいだろうしなあ。

そうだ、ダンジョンに置いてきた盾は僕が拾って来てあげようか。

きっとダンジョンはまだ怖いだろう。

ゴブリンもいなかったし、きっと大丈夫さ。

かわいい女の子に親切にして、好感度ポイントを稼ぐ。ゲームの定石だ。

ちょっとした冒険もできるしね。

3　地球人で初めて自分のステータスを知って、レベルも上げた件

ダンジョンに盾を取りに行こうとしたのに、僕は今、浴室の磨りガラスを背に座っていた。

どうしてこんなことになったのかというと。

「トール様います？」

「いるよー」

シャワーの乱があってからリアは、僕が近くにいてくれなきゃ怖いということで、ここに座っている。

日本の生活用品で恐ろしいものなど基本的にないのだが、中世のレベルの科学技術の人なら恐ろしくても仕方ないだろう。

それで彼女が納得するならばとお風呂が終わるまで近くにいてあげることにした。

ゆっくりお風呂に入って、水で冷えた体を温め直すといいさ。

「シャワーの温度はどう？」

「ちょうどいいです。頭髪用の石鹸もすごく泡立ちます。使い方を間違わなければ大賢者様のアーティファクトは最高ですね」

「そうですか。よかった」

リアがお風呂に入っている間、磨りガラス越しにこうやって会話をしている。

これでは盾を取りに行けそうもない。

ふと思ったことをリアに聞いてみた。

「リアはどんなモンスターからマヒ毒を受けたの？」

「ゴブリンです。倒したと思ったら吹き矢を打ってきて」

「ああ、やっぱゴブリンなのね」

自分の声音《こわね》に、ゴブリンはそれほど強くないんじゃないかという色が出ていたのかもしれない。

「このダンジョンのゴブリンは特別なんです！」

「そ、そうなん？」

「大賢者様には大したことないかもしれないけど、この古代地下帝国の廃都、ヨーミのダンジョンは冒険者なら誰でも危ないって噂《うわさ》していますよ」

なるほど。このマンションにつながっているダンジョンはヨーミのダンジョンって言うのか。

そのダンジョンは古代地下帝国の廃都で、非常に危険ということがわかった。

「私だって、ただのゴブリンが最後にマヒ毒の吹き矢で攻撃してくるとは思いませんでした。

このダンジョンのモンスターは特別なんです。すばしっこかったり、賢かったり……」

「同じ敵でも他のダンジョンとは違うの？」

「私はあまり他のダンジョンには入ったことがないんですが、少なくとも外のモンスターとは全然違います」

なるほど。このダンジョンは特別危険な難ダンジョンってわけだ。

不動産屋め。やっぱり超事故物件じゃないか。訳あり中の訳ありだよ。

「私《わたくし》、騎士にしては素早さのステータスも高いんですよ。それなのにこのダンジョンには、すぐに逃げ出してまったく追いつかないスライムなんかもいるんです。レベルを上げるための経験値は良いって噂ですけど……」

「な、何だって⁉ ⁉ ⁉」

「え？　私、何かおかしなことを言いましたか？」

リアの会話にすごく気になる点があった。

すぐに逃げ出してまったく追いつかないスライムというのも、某ゲームのめっちゃおいしいモンスターじゃないか？　と気になったが、そんなことよりも！

「ね、ねえ。僕は大賢者だから、いつも特殊な方法で自分のステータスを知るんだけど……リアとか普通の人はどうやって自分のステータスを知るんですか？」

自分のステータスを数値化して知ることができる。ひょっとしたらスキルとかで自分の適性まで正確にわかる。

これって日本人にとっちゃ、めちゃくちゃおいしくね。

無駄な努力をショートカットしまくれるじゃん。

もっとも、お先真っ暗な気分になる可能性もあるけど。

「え？　え？　ステータスを知るのに他の方法なんてあったんですか⁉」

「あるある！　あるから！　リアがやっている方法を教えてよ！」

「は、はい。心の中で思えば、数値化して思い浮かびますよね？　だってそれが神の創りたもうた摂理……」

ビンゴオオオォ！　素晴らしい摂理だ！

「あ、あれ？　何でステータスが思い浮かばないの！　何で？」

僕が喜んでいると、リアはステータスが思い浮かばないと嘆きだした。

僕にはその理由がわかった。ちょっと都合よくリアに伝える。

「僕の居住地区にはステータスチェックができないような魔法がかけてあるんですよ。ダンジョンに戻ればできると思いますよ」

本当は、おそらくこの部屋では日本の摂理だかルールだかが適用されるからだ。

そしてダンジョンに行けば、おそらく……。

「それなら安心しました」

リアのシャワーの音が止まった。これから湯船に浸かるのだと思う。

「あ、そうだ。リアが倒れていた後ろに鉄の扉があったけど、アレが閉まっていたらモンスターとか来ない？」

僕は、ダンジョンの大部屋にモンスターがいないのは、あの鉄の扉が閉まっているからだと思っている。

「す、すみません。あの扉は私がマヒ毒で倒れる前にモンスターに襲われないために逃げ込んで扉を閉めたんです。壁にスイッチがあるはずです」

やっぱり。だからモンスターがいなかったんだ。

「リア！　僕さ。君を運ぶ時、ダンジョンに盾を置いてきちゃったんだ。だから取ってきてあげますね」

「え？　いいですよ！　命を助けてもらっただけでも本当にありがたいのに。大賢者様のお手を煩わすなんて」

「いいからいいから。モンスターだって出ないんですよね？」

「え、ええ……たぶん」

「じゃ、じゃあ、ゆっくりお湯に浸かっていてね」
もう盾を取りにいくことだけが目的ではないのだ。
むしろメインの目的はステータスチェック！
自分にどんな才能があるのか、ダンジョンで確認するのだ。
僕はダイニングテーブルに置いてあったヘッドライト付きヘルメットをかぶる。
ベルトに差してあるピッケルも手にとった。
紙とペンもポケットに入れる。
もしステータスがわかった場合、それをメモしておくためだ。
玄関のドアの向こうで物音がしないか慎重に確認して、ゆっくりと開けた。
さらに顔だけ出して、辺りにモンスターがいないか何度も確認する。
「よっしゃ！　いないみたいだ」
もうダンジョンに足を踏み出す緊張感はほとんどない。
それよりも、今から行うステータスチェックの方がはるかに緊張する。
ステータスチェックはできるのか、できないのか？
できたとして僕のステータスは……。
未来が開《ひら》けているのか、あるいは先が見えているのか、それともお先真っ暗なのか？

「すーはー……」

僕はステータスを確認する前に、大きく深呼吸せざるを得なかった。

いざ！

「ステータスオープン！」

心の中で思いながら吠《ほ》えてみる。

ちなみに吠える必要があるとは一言も聞いていない。

【名　前】鈴《スズ》木《キ》透《トオル》
【種　族】人間
【年　齢】21
【職　業】無職
【レベル】1／∞
【体　力】19／19
【魔　力】27／27
【攻撃力】114
【防御力】45

【筋　力】10
【知　力】18
【敏　捷】12
【スキル】成長限界なし

お、おおおお！

「でた……本当にステータスだ……」

パッと見、それほど強そうではないが、本当に心の中にイメージとして浮かんだ！

いや、誰でも最初は弱いのかもしれない。現在のステータスよりも、重要なのは潜在的な成長性だろう。そう信じたい。

僕はスキルをメモしながら、それぞれのスキルについてもう少し詳しく考えてみた。

まず、【名前】、【年齢】だが、留意すべき点はない。

自分の名前と年齢が正しく書いてあるだけだ。

【職業】の無職はどうなんだろうか？　実際にはアルバイトで生計を立てている。

ステータスへの影響やスキルの獲得方向という意味での【職業】なのかもしれない。

そして注目すべきは【レベル】だろう。

1というのはよくわかるが、その分母が無限大だ。

成長限界なしというスキルと連動しているのではないか。

ひょっとするとひょっとする夢を持たせる内容だ。

【体力】これは非常に怖い数値だ。

おそらくHPに該当するのではないか。

今はどちらも19／19だが分子が0になれば、死、なのかもしれない。

わかりやすい。ゆえに恐ろしい。

【魔力】いわゆるMPじゃないかと思う。これも期待が持てる。

能力的に期待が持てるというよりも、この数値が存在しているということは……。

「僕でも何らかの方法で魔法が使えるようになるんじゃないか」

リアや僕がマンションの部屋内ではステータスチェックができなかったように、たぶん日本ではできないいんだろうけど。

「ダンジョン側の世界なら、僕でも魔法が使える可能性は……ある！」

ワクテカしてきたぞ！

次は【攻撃力】について考察してみよう。

【攻撃力】は現時点で他の数値に比べて圧倒的に高い。

コレについて僕は1つの仮説がある。

「ちょっと試してみるか」

辺りにモンスターがいないかヘッドライトで確認してから、手に持ったピッケルを再び腰のベルトに差し込んだ。

すると【攻撃力】が10になった。

もう一度、ピッケルを手に取る。

【攻撃力】114。

ベルトに差し込む。

【攻撃力】10。

手に取る。

【攻撃力】114。

おーし！　推測通りだ！

ピッケルを手放せば10、手に持てば114。

つまりピッケルの攻撃力は104で、装備するとそれだけ加算される。

素の攻撃力の10というのは、ほぼ間違いなく【筋力】の数値だ。

ヘッドライト付きのヘルメットも脱いでみる。

脱ぐと【防御力】の数値が45から24になって、かぶり直すと45に戻った。

「なるほどなるほど。面白い。こういう仕組みかー。包丁とか金属バットとかも試してみたいな。金属バットなんか持ってないけどさ」

【筋力】【知力】【敏捷】【スキル】この辺は今までのステータスに関連して考察は終わっているかな。

ちょっと気になるのは【筋力】10だ。

筋トレとかしたらどうなるんだろう？　レベルは変化しないで上下するんだろうか。

実は筋トレ用にネットショップで買った握力計を持っているんだけど、いつも大体、利き腕で40kg、左手で37kgが表示される。

プラスマイナスで1kgぐらいあるが、【筋力】の数値が変化したら握力がどう変化するかも興味深いところだ。

メモも終わって、ステータス表示にもだいたい満足する。

「今できることはこれぐらいかな。とりあえずリアの盾を取ってくるか」

まだわからないこともあるし、試したいこともあるけど、今できるのはこれぐらいだった。

それに盾を取ってくるとリアに約束している。

ステータスも気になったが、彼女の好感度もやっぱり欲しい。

「慎重に、慎重に……」

言葉ではそう言いながらも、ダンジョンへ足を踏み入れるのはすでに3回目だ。

いくら大部屋が広いとはいえ、盾まで20mぐらいだと思う。

まっすぐ無警戒に歩いたら、往復で3分もかからないだろう。

緊張感は薄れて、高揚感や好奇心に満たされている。

それに緊張感だって自分では失っていないつもりだ。

あった、あった。盾だ。

「そう。例えば……今から拾う盾の下に水色のプルンプルンッとする物体が隠れていたり、などということも僕は想定している」

盾は大きいし、わずかに歪曲している。下にスライムが隠れる空間があってもおかしくはない。

ヘッドライトで照らしながら盾を持ち上げる。

プルンッ!

先ほど見たリアのオッパイのようにプルンプルンした水色の物体が、拾い上げた盾の下から出てきた。

「チェストオオオオオオオォッ!」

僕は叫びつつ、人生で最速の動きでピッケルを水色の小さな物体に振り下ろした。

どっと冷や汗が出るのと同時に、水色のオッパイ、もといスライムはプルンッと肉片を四散させた。

その時、体が何か熱くなる。

総身に力満ちる、とはこのことか！

僕は素早く盾を担いで、慎重かつ全速力でマンションの部屋に逃げ帰る。

そしてメモこそとらなかったが、走りながらステータスのチェックもした。

【名　前】鈴木《スズキ》透《トオル》
【種　族】人間
【年　齢】21
【職　業】無職
【レベル】2／∞
【体　力】20／20
【魔　力】30／30
【攻撃力】115

【防御力】45
【筋　力】11
【知　力】20
【敏　捷】13
【スキル】成長限界なし

部屋に飛び込んで、後ろ手に玄関のドアを叩き閉める。

「はぁはぁっ。死ぬかと思った」

鍵をかけながら僕はそうつぶやいた。

まさか本当に盾の下にスライムがいるとは思わなかった。嫌な汗かいたなあ。

リアが出たら僕もお風呂に入りたい。

玄関に盾とヘルメットを投げ捨てて、呼吸を整えるために座り込む。

「けど……やったな。スライムを倒したことでレベルも上がっていた」

モンスターを倒してレベルを上げたなんて日本人、いや地球人はひょっとして僕だけなんじゃないだろうか。

レベルが上がったことで、【筋力】は10から確か11に上がったはずだ。

とりあえずリアの様子を確認してから握力計を探そう。

まだ見てない気がするから、どこかのダンボールに入っているはずだ。

【筋力】１の上昇は握力計にいかなる結果をもたらすのか？

ひょっとしたらもう脱衣所で着替えているかもしれないので、リビングからリアに声をかける。

「リア、ただいま～。まだお風呂入ってるの～？」

「あ、おかえりなさ～い。もう少し、もう少しだけ……いいですか？」

お風呂特有の反響する声がした。

先ほどは冷水を浴びるというひどい目にあったけど、リアはお風呂をとても気に入ってくれたようだ。

その方が都合がいい。握力計を使っているところを見られたくない。

「うんうん！　ゆっくりお風呂に入っててくださ～い！」

「そ、そうですか。わかりました～」

よしよし。ダンボールを探そう！

引っ越し用ダンボールの開封はほとんど進んでいない。

どれだっけ？　これじゃない。このダンボールでもない。これか⁉

やっと握力計を発見した。

「よおっし。やってみるか。んっんんん……どうだ？」

44kg！　マジかよ。今までどんなに頑張っても40kgまでしか出たことがない。

つまり【筋力】１の上昇は、利き手だと握力４kgの向上につながるようだ。

「マ、マジかよ。レベルが10上がれば、たぶん【筋力】も20になるから握力80kgってことか？」

握力80kgあればリンゴを握りつぶせるって聞いたことあるぞ。まさに男のロマン。

「よーし、レベル上げてリンゴを握りつぶせるようになっちゃおうかな（笑）」

しかも、つらい筋トレもせずにだ。

さらに僕は、他の人にはあるだろうレベルの限界すらない。

まだまだ不確定でわからない要素もあるけど、ひょっとしたらひょっとするかもしれないぞ。

リアにもっと異世界のことを話してもらったり、いろいろ調べなきゃな。

「くっくっく」

「トール様？　どうしたんですか？　楽しそうですね」

「ん？」

しまった。どうやらリアがお風呂から出てきたようだ。

握力計を背中に隠しながらごまかしの笑いを……え？

「大賢者様がお貸し下さったお召し物、すごく着心地は良いのですが、私《わたくし》のようなものが着たらやっぱり変ですよね？」

……。

変も何も、どうやったら高校時代のあのダサいジャージを着て、ここまで気品あふれる姿になれるのだろうか。

スライム狩りの計画を立てようとしたけど、リアを見たらそんなことはどうでもよくなってしまった。

黄金の髪は三つ編みにしてから巻き上げられていて、サイドから髪がするりと落ちて光り輝いている。いや全体的に光り輝いている。

「変ですか……？」

見とれて何も答えられずにいたら、リアがしょぼんとする。

「あ、いやいや、そんなことないですよ！　髪が……」

綺麗で、と言いたかったが、そんなことは言えない。

「髪ですか？」

「う、うん。その髪型とってもいいです」

代わりに髪型を褒めることにした。

僕にしては上出来だ。

「ホ、ホントですか？　うれしいです……倒れた時はほどけていたんですけど、戦う時は邪魔にならないように基本いつもこれなんです」

「そうだったのか。でも作るのに時間かかるんじゃないですか？」

「トール様が、今背中に持っているアーティファクトで何かしていたので、邪魔してはいけないと思いまして」

見られていたのか。でも意味はわかってないみたいだ。そりゃそうだ。中世の人に握力計なんかわかるわけがない。

しかもアナログタイプじゃなくて、安いデジタルタイプだしね。

「トール様が開発した頭髪用の石鹸すごくいいですね。髪がサラサラです」

リアがサイドに垂らしたストレートの髪の端を指先で巻き上げる。

いい！　すごくいい！

「香りもとってもすてき」

リアが、指先に巻きとった髪を少しだけ顔に近づける仕草をする。

１００円ショップで買ったコンディショナーだけど、僕も一緒にクンカクンカしたい！

「ところでトール様もお風呂に入られては？」

「あ、あぁ。そうね」

リアが早く出てきたのは、僕もお風呂に入りたいだろうなと思ったからかもしれない。

実際に入りたいと思っていた。

……そしてリアが入った湯船に僕も入るのか。うふふ。

とか邪《よこしま》なことを考えていると、彼女がとんでもないことを言った。

「私《わたくし》、先ほど眠らせていただいた部屋で、大賢者様の魔導書を読んで待たせていただいてもよろしいでしょうか？　床の感触がとても気にいってしまったので」

あーはいはい。畳ね。あれはいいものだよね。

けど魔導書ってなんだろ。和室はオタク部屋になっているから、漫画とか薄い本などのいかがわしい本しかないけど。

「ぎゃあああああああああ！」

「どうしました？」

「リアはリビングって言ってもわからないか。ここにいて！」

僕は和室に走りこみ、漫画やら薄い本をかき集めて押し入れに叩きこんだ。

リアの前に戻る。

「リア！　真面目な話があるんです！　聞いてください！」

「ま、真面目な話？　は、はい！」

リアは緊張感のある顔になった。それでいい。

「あの本の中には素人が読むと大変危険なものが含まれています！　言わば……そう！　禁書です！　禁断の魔導書なんです！」

実際、同人誌は海賊版みたいなものもあるし、知らない人が読んだら危険過ぎるだろう。趣味嗜好的に！

「き、禁断の魔導書……私《わたくし》、な、何てことを……」

「いいんです。知らないことだったんですから。でも絶対に触っちゃダメです。目の届かない所にしまっといたから」

「は、はい！」

「他もあまり触らないでください」

「わ、わかりました」

よかった。それがお互いのためだろう。

「あ、1つだけ質問いいですか？」

「ど、どうぞ」

どうして変な液体がかかった裸の女性の絵が表紙に描いてあったんだ、とかその手の質問じゃないだろうな？

本棚に立てかけてあったから背表紙しか見えないし、大丈夫だとは思うけど。

「お風呂の水、たくさん使っといて今さらなんですが、ダンジョンではすごく貴重なものではないのですか？」

「あ、あぁ～。大丈夫ですよ。地下水脈からくんでいるものだからね」

これは嘘だ。ここ立川市だと、たぶん奥多摩のダムとか多摩川の上流とかそんな感じだろう。わからんけど。

でも地下水を使っている自治体もあるんだっけ？　案外、本当かも。

「それで綺麗だったのですか」

「そうそう。そうです」

「た、大変申し訳ないのですが……飲める水ならば、あの雨のように水が出てくるアーティファクトから一杯だけいただいてもよいでしょうか？」

「え？」

なるほど。ダンジョンでは飲み水がきっと貴重品なのだと気が付く。

リアには主にレベルやステータスについて教えてほしいと思っていたが、水のお願いをされたことで、ダンジョン探索の生活面についても聞いてみたくなってきた。

実際、倒れていたリアは水を持っていなかった。

喉もすごく渇いていただろうから、シャワーを浴びていた時に水を飲みたくなったハズだ。

身体を洗うのに使っているのに変な話だけど、生真面目なリアは許可をもらわないと飲めなかったのだろう。

「ダ、ダメですよね……」

もちろんＯＫだ。ここはダンジョンでも砂漠でもない、水だらけの日本だ。

「いやいや、いいですよ。でも普通の水じゃ……そうだ！」

僕はリアを和室の畳に座らせて冷蔵庫に走った。

「紅茶とコーラと牛乳。まあ異世界人には合わないかもしれないから、普通の水も持って行ってあげよう」

さっきトンスキホーテで買っといたんだよね。

キョトンとするリアの前に４種類の飲み物を置いた。

「こ、これ何ですか？」

「もちろん、飲み物だよ。牛乳と水はわかりますよね？」

「わ、わかります！」

「これは紅茶。わからないか」

「わ、わかりますよ！　すごい高級品です！」

「あ、そうなんだ。でもこれは知らないですよね。コーラです」

「……知らないです。これ飲めるんですか？　他のものが飲み物ってことは、これも飲み物なんですよね」

コーラはいつもの通り、黒々として泡を出していた。

「まあ飲めなかったら置いといてよ」

「ほ、本当にいいんですか。貴重な飲み物をこんなに」

「いいっていいって。僕は大賢者ですよ！　じゃあ、お風呂に入ってくるから、後でコーラの感想を聞かせてね」

自分の着替えはロングTシャツとスラックスでいいかと考えながら浴室に向かった。

リアの入った湯船に頭まで浸かろうとしたが、おばあちゃんが悲しみそうだったんでやめておく。

「せっかくなんだから喜ばせることをしないとね。僕も夕食を食べてないから腹減ったし、お風呂から出たらご飯にするか」

それにしても禁断の魔導書を守れて本当によかったよ。

◆　◆　◆

お風呂から早めに上がって、脱衣所でロングTシャツとスラックスに着替える。

脱衣所の端には鎧や具足が綺麗にまとめられていた。

リアの几帳面な性格が表れているようだ。

「ふーサッパリした。でもロングTシャツは良いとして、寝るのにスラックスはつらいかなぁ。後でジャージを買ってこようか」

和室に行ってみると、リアの前にあるコップはほとんど空になっていたが、案の定というか透明なグラスにはコーラが半分ぐらい残っていた。

目が合うとリアが言った。

「あうっ」

どうやらコーラをじっと眺めて格闘していたのが恥ずかしかったようだ。

ちょっと顔を赤くする。

「ははは。残してもいいですよ。口に合う合わないはあるし。でも慣れると結構美味しいですよ」

「いいえ。お薬が飲めない子供じゃないんですから全部飲みます」

「へ？　そりゃコーラはちょっと薬っぽい味がするけど」

どうやらコーラを薬だと思ったらしい。

「飲んだら一瞬にしてマヒ毒が治りましたし、頑張って全部飲みます！」

「な、何だって？」

「え？　これ飲んだら少しだけ残っていた手足のしびれが一気に治りましたけど、薬じゃないんですか？」

もしや、ひょっとして。ダンジョン側の世界だとコーラは……。

「どうなさいました？」

「あ、いや何でもない。何でもない。そう、コーラは薬なんです。無理して飲まなくてもいいけど体にもいいよ」

「でも大賢者様のアーティファクトは本当にすごいですね。実はこのマヒ毒、中級の解毒魔法もほとんど効かなかったんです」

「そうだったんだ」

コーラは解毒剤の可能性がある。しかも相当強力な。

ポケットからステータスを書いたメモ紙を取り出して『コーラは解毒剤の可能性アリ』と書

いておいた。

さて、そろそろ食事にしようかな。

何を作ろうか？　さっきトンスキホーテの食料品売り場で少しは食材を買ってあるんだけど。

リアの好みを聞いてみるのもいいかもしれないな。

僕は結構料理が得意なのだ。バイトはファミレスのキッチンだしね。

じゃあ料理しながら話すために、リアにはリビングに座ってもらおうかな。

「リア、ちょっと来てください」

「はい？」

僕はリアをリビングの椅子に座らせた。

そして冷蔵庫を見ながら聞いた。

「リアはダンジョンでどんなものを食べているんですか？」

「普通の冒険者と同じですかね」

「いや、あの、その……普通の冒険者っていうのが、大賢者になるとわからなくてですね」

「あ、すいません。例えばですね、石のように乾燥したパンとかこれまたパサパサの白身魚の塩漬けとか」

なんかとても侘《わ》びしいというか、美味しくない食事のような。

「それ美味しいの？」

「食べ物は何でもありがたいですけど……そんなに美味しくはないですよね。だからお湯に浸して柔らかくして食べたりします。そうすれば、柔らかくなって結構食べられますよ！」

リアはニコニコして言った。

「そ、そうなんだ」

「それも、とある理由で全部失って……ダンジョンで倒れていたんですけどね」

可哀想に……僕の頬を涙が伝う。

冷蔵庫から取り出そうとしていた安い焼きそばの麺を戻し、代わりにコンビニで買ったプレミアムハンバーグを手にとった。

こいつはちょっと高いが、そこそこ美味い。

もちろん作ったハンバーグのほうが美味しいけど、レンジで温めればいいだけだから早くできるしね。もうお腹も減っているだろうし。

そしてこれだ。僕はより美味しくしてあげようと思って卵を取った。

とりあえずハンバーグとチンするご飯をレンジで温める。

フライパンで多めの油を熱し、その間にレタスとプチトマトのサラダを作る。

「ドレッシングはシーザードレッシングが美味しいんだよね。オリーブオイルはもう温まったかな？」

リアが聞いてきた。

「すごくいい匂い。何か作っているんですか？」

「夕食ですよ。リアも食べるよね？」

「い、いいんですか？　ダンジョンで食料ってすごく貴重ですよね。先ほどの飲み物だって……」

「遠慮しないでよ。食べないと元気でないよ」

「でも……」

「もう2人分、作り始めちゃったから無駄になっちゃうよ。それにお腹減っている人の前で自分だけ食べるなんてできないですよ」

本当にその通りだ。それに、リアに喜んでもらいたくて作っているのだ。

僕が強めに主張するとリアが急に立ち上がる。

「そうだ。ちょっと待っていてください」

リアが脱衣所に行く。

どうしたんだろうと思っていると、小さな布袋を持って戻ってきた。

片方の手で袋を反対にして、もう片方の手の平に袋の中身を出した。

数枚のコインが出てくる。

そして色は金ピカと銀色だった。

「それって金貨と銀貨⁉」

それもかなり大きい。重さもありそうだ。

「ガディウス金貨2枚と銀貨3枚です。お恥ずかしいですが、これで全部なんです。とても足りないとは思いますが……」

本当に金貨と銀貨らしい。驚いた。

「いや、いいって、いいって。タダですよ」

「そういう訳にはいきません‼」

ま、参ったな。言っても聞かなそうだぞ。

もらってしまおうか？　銀はわからないけど、金は買い取りますって街中に看板があったりする。

いやいや、困った女の子を助けて金銭を受け取るなど、おばあちゃんが悲しむぞ透。

なにか断る理由を考えろ。あ、そうだ。

「リアさん。僕は大賢者だからアーティファクトを高値で売ってお金には困ってないんですよ。でも地上の話を知りたいから話してくれないですか？　僕はダンジョンにずっとこもっていましたから」

実際にコーラとかをダンジョンで冒険者に売れば、一財産できそうだぞ。

じゃなくて……。ダンジョン側の世界の話には興味がある。ステータスやスキル、モンスターについても詳しく聞きたい。

「それはもちろん構いませんけど、それだけじゃ御恩や分けていただいた貴重な物資に対して、とても釣り合いませんよ……」

対価に地上の話をしてくれってことで、少しは納得してくれたみたいだけど、まだ足りないようだ。そうだ！

「ならアーティファクト作りも手伝ってもらえないですか？」

もちろん手伝ってもらうのはアーティファクト作りではない。

最近の安い家具は自分で組み立てるタイプのものが多い。

今度の引っ越しでベッドのフレームを買ったんだけど、1人で組み立てるのは苦労しそうだった。

実際、箱には2人で組み立ててくださいと書いてある。

リアにベッド作りを手伝ってもらおう。

「そんなことでいいんですか！　恥ずかしいですが、助かります。実は私、今少しだけお金に苦労していて……」

「うんうん」

リアが少し赤い顔をして言った。

騎士ってことは、下級かもしれないけど貴族だろう。まあ貴族でもお金に困っているって話は聞いたことがある。

そもそもダンジョンに潜っているんだしね。

なおさらお金を取らなくてよかったと思う。

「じゃあ安心して2人分作るね」

「ありがとうございます！　お願いします！」

よかったよかった。そう思いながら完全に温まったオリーブオイルに卵を落とした。フライドエッグだ。

白身だけが固まるように時間を見計らって、プレミアムハンバーグの上に載せる。よし、完成だ！

テーブルの上には、フライドエッグが載ったハンバーグ、レタスとプチトマトのサラダ、チンするご飯の皿が2つずつ載った。

レトルトのお味噌汁もあるけど、リアは西洋人っぽいのでやめておいた。

「も、もうできたんですか⁉　こんな手の込んだ料理が早いですね。しかもすごく美味しそう……いい匂い……」

「ははは。食べましょう食べましょう」

リアが聞いたことのない神様にお祈りする。

やはり今は貧乏なのかもしれないけど、育ちはいいんだと思う。

自分の心の中でいただきますをした。

「どうやって食べればいいんですか？」

「ああ、ライスを知らないのか。ならフォークでこうやってすくって。でもハンバーグも一緒に食べたほうが美味しいですよ。知らない？」

「はい……」

「えっとね。どう食べてもいいんだけど、美味しい食べ方はこのフライドエッグをハンバーグの上で割ってさ」

僕はナイフでフライドエッグを半分に割った。

中からは固まりきっていない黄身が流れ出て、ハンバーグの上のデミグラスソースに混ざる。

「この黄身とデミグラスソースを下のお肉と一緒に食べると美味しいんだよ」

実演して口に含んでみた。うん、美味しい。

「わ、私も食べてみますね！」

ハンバーグは知らなくても、リアのフォークとナイフの使い方は僕よりうまいかもしれない。

リアはハンバーグの上でフライドエッグを割って、とろける黄身とデミグラスソースを上手にハンバーグに絡めて口に運んだ。

「んっ！　ん～ん～ん～～～！」

よほど美味しかったのだろうか。抑えているつもりだろうが、体がわずかに上下していた。

「こ、こんなに美味しい物、食べたことありません」

「大げさだよ。それかダンジョン探索で遭難してお腹減っていたからとか」

「本当です！　昔は私もお屋敷に住んでいましたけど、それでもこんなに美味しい物は……ん～～～このライスっていうのと一緒に食べるとまた！」

「そう言ってくれると、作った甲斐《かい》がありますね」

お世辞でもそう言ってくれるのはうれしい。

作ったのはフライドエッグとサラダだけなんだけどね。

ただ、確かにフライドエッグは黄身のとろっと加減がいつもよりもうまくできた気がする。

きっとリアに喜んでもらいたかったから上手にできたんだと思う。

美味しそうに食べている彼女を見て僕も幸せな気分になる。

やっぱりご飯は1人で食べるよりも2人で食べた方が美味しい。

◆
◆
◆

夕食を食べ終わり、僕がお皿を洗おうとするとリアも手伝ってくれた。

狭い流しで身を寄せあってお皿を洗う。

今日だけは、汚れた皿がこの10倍ぐらいあっても構わない。

「これ、お願いします」

「はーい！」

僕がスポンジと洗剤で汚れを落とし、リアがそれを洗い流していく。

リアのお皿はすべて綺麗に食べられていた。僕の皿もだ。

「本当に美味しかったです。特にハンバーグというお料理！」

「そっか。作った甲斐があった。よかったです」

「トロットロの卵の黄身とソースが混じって、もう！」

作って良かったなと心の底から思う。

「ところでハンバーグやライス、サラダも、先ほどのコーラのように特殊な効果があるアーティファクトなんですか？」

な、何だって……。アーティファクトどころか、普通の食材で普通の調理法だと思うが。

「一時的なものだと思いますけど、何だか体力や魔力が上がったような気がします！　そういうすっごく貴重なアーティファクトの薬もありますけど、トール様の料理はそういうアーティファクトなんですね？」

なんですね？　と言われてもわからない……。確かにゲームなどでは作った料理がそういった効能を持つ場合もある。

「ここではステータスチェックが使えなくてわからないのですけど、そうなんでしょ～？　うふふ」

そう言ってリアは「わかってるんですから」という顔をして、僕の方を向いて笑った。

でもたぶんわかっていない。わかっていないというよりも誤解している。

曖昧に返事をして笑い返すと、リアは他のことを言ってきた。

「料理もすごいけど、トール様の生活アーティファクトは本当に本当にすごいですね」

「え？　生活アーティファクト？」

「はい！　さっきも言ったけど、アーティファクトは戦いのための道具ばっかりじゃないですか」

なるほどね。

考えてみれば、いつの時代でも戦争は最高の技術を欲している。

注ぎ込まれる予算も桁違いだ。異世界もきっとそうなんだろう。

「だから私、生活アーティファクトが大好きです。トール様はダンジョンの奥深くに住んでいるから、ひょっとして恐ろしいアーティファクトを研究していると思っていました」

「まあでも危険なアーティファクトもありますよ」

「え？」

リアが驚いた顔をする。

地球には銃もあれば、ミサイルもある。核兵器だってある。

「ここには置いてないんですけどね」

「良かった〜ほっとしました」

お皿を大体洗い終わった。

リアを席に座らせて約束の話をする。ダンジョン側の世界の情報はできるだけ欲しい。

紅茶とポテチも出してあげる。

「何ですか、これ？」

リアはポテチを1枚、恐る恐る手に取る。

「食後のデザートって言うよりはどちらかって言うとオヤツだけど。まあ食べてみてよ」

端っこをポリポリとかじり、一旦止まってから、2枚、3枚と食べだす。

「これ、すごく美味しいです。何だか体が軽くなったような気もしますし」

おお、喜んでくれたようでよかった。

そして……ポテチはたぶんだけど【敏捷】が一時的に上がるのね。

コレはメモっておいて、後で実験するとしよう。

すべて食べられてしまったけどね。

「あ、私ったらはしたないところをお見せしました……」

「ううん。いいですよ」

少し崩れてくれた方がこちらも気が楽だ。

自分も今日はリアに合わせて随分姿勢が良くなっている。

彼女の背筋はいつもピンと伸びていた。

とりあえず話ができるようになったようだ。聞きたいことが多すぎるけど……まずは何と言ってもステータスについて聞きたい！

「ところで、そろそろ地上のことを聞きたいんだけど」

「はい。もちろんです。お約束ですからね」

リアがニコニコして答える。

やった。まず、聞きたいことはスキルについてだ。

「地上において珍しいスキルって例えば何ですか？」

「え？　珍しいスキルですか？　いろいろありますけど、特にレアなのだと『英雄のさだめ』とか『闇魔法』なんてのもありますね」

『英雄のさだめ』？　聞けば聞くほど聞きたいことが増えていく。

しかし、まずは初志貫徹で一番聞きたいことを聞いてしまうことにしよう。

「地上では『成長限界なし』ってスキルは珍しいですか？」

「『成長限界なし』ですか！　とても珍しいスキルですよ！」

やった！　やったぞ！

「でも先ほど言った『英雄のさだめ』や『闇魔法』と比べればいます。職業『無職』の人にたまにいるみたいですよ」

「ぶっは！　ごっほぶっは！」

無職という単語を聞いて、紅茶を吐き出してしまった。

「だ、大丈夫ですか⁉」

「ちょっと気管に入ってむせただけです」

やっぱりそううまくはいかないか。

「地上では『成長限界なし』は強いスキルとされていますか？」

まあ別に珍しいかどうかよりも、強いかどうかが重要なんだ。

「もちろん強いですよ。でもうまく活用できる人が少ないんです。ほらレベルを上げるのってすごく大変ですよね」

今のところそうでもないけど、加速度的に大変になるのかもしれない。

ゲームだとレベル上げってそういうもんだし。

戦闘職のリアはさすがに戦闘のスキルに詳しかった。

「生きるか死ぬかの戦いをずっと勝ち続けられる人なら最強のスキルです。失敗する可能性のある超大器晩成型のスキルとも言えます」

使い勝手が悪いスキルと聞こえる。

しかし……逆に言えば、どんなスキルよりも可能性を秘めた最強スキルなんじゃないだろうか。

要は永遠に勝ち続ければいいんだよね。

「あれ？　トール様、笑ってどうしたんですか？」

どうやら気が付かずに僕は笑っていたらしい。

トンスキホーテにはペットコーナーもあったはずだ。もちろん犬猫の檻《おり》や餌もある。そういった犬猫用のペット用品を使えば、スライムを養殖できるかもしれない。スライムなら弱いし、安全に狩り続けることができて、ずっとレベルを上げられるんじゃね？

スライムなら一度は倒せたたし、きっとそうに違いない。

◆　◆　◆

他にも雑談交じりにダンジョンの生活のことを聞いたりしていたが、夜も遅くなってきた。

引っ越しでしばらくの間休むことをバイト先には伝えてあるから、まだ起きていてもいいんだけど、寝巻き用のジャージなどを買うためにトンスキホーテに行きたい。

「ちょっと外に行こうか？」

「え？」

リアが驚いた顔をする。よく考えたらそりゃそうだよね。ダンジョンの中なんだから。

「冗談、冗談です」

「ですよね。トール様って結構冗談を言いますよね。うふふ」

「あ、あれ……？　でもどうなっているんだろう？」

「ど、どうかしたんですか？」

リアの顔を見る。とぼけているようには見えないし、性格上嘘を言えそうな子でもない。

今まで和室にいたんだよな？　人間が出入りできるデカイ窓があるんだぞ。

外、丸見えじゃん。今までここがダンジョンって話は付き合ってくれていたのか？

「ねえ？　地上ってさ。夜空があって星とか見えちゃいます？」

「もーやだートール様。からかっているんですか？　当たり前じゃないですか」

「ですよねー」

ダンジョン側の世界では星空からしてまったく違うのかと疑ったけど、それは地球と同じらしい。

じゃあ一体何でだ？　都会の景色はダンジョンの延長に見えたんだろうか。

でもさすがに夜空は見えるぞ。

僕はリアの手をつかんで和室に連れて行った。

「ど、どうしたんですか急に」

「いいからちょっと来て」

「は、はい」

僕は思いっきり、外の光景が見える窓の前にリアを立たせた。

「これをどう思います？」

「どう思うって言われましても……」

「な、何かその感想を」

リアは首を傾げる。

「ダンジョンの壁があるのにわざわざ手前にガラスの窓枠を作るなんて、トール様はオシャレですよね。全部、この不思議な素材の壁にすればいいのに、ここだけガラス張りにしてあるってことはダンジョンの石壁を見たかったんですか？」

「……!?」

ど、どういうことだ？　リアには窓の向こうにダンジョンの石壁が見えているのか？

僕は何も言わずに体の半分だけ窓から外に出てみた。

もちろん、普通に日本だ。

だがリアは目を見開いて驚いていた。

「す、すごい。壁抜けの魔法なんですか!?」

いや別に外に出ただけだけど、と言いかけて踏みとどまった。

◆◆◆

結局、リアには待ってもらうことにして、１人でトンスキホーテに来た。

一緒に来る方法もあるかもしれないが、今は１人で来た方がいいだろう。

それにしてもリアがいたから良かったものの、あの物件の事故度はとどまるところを知らないな。

不動産屋め。レベルを上げて文句を言ってやるぞ。

まずはジャージを買う。

念のために飲料や食料も買う。ポテチも忘れてはならない。

本当にポテチで【敏捷】が上がるのか実験のためだ。

歯ブラシなんかも２つあったほうがいいだろう。自分のはあるからリアの歯ブラシを買った。

そして今日はまだ買うつもりはないが……僕はあるコーナーに商品を見に行く。

防犯コーナーだ。通販で買えばもっといいのがあるかもしれないが、トンスキホーテに売っているものでも見本としては十分だった。

パソコンに接続できるものが望ましい。

「この玄関タイプなんてバッチリじゃないか？」

そう。僕はダンジョンに監視カメラを張り巡らせられるのではないかと思っている。

そして、いずれは安全な部屋でカメラの映像を見ながらクリック1つでモンスターを倒していくという野望を持っている！

僕は次にペットコーナーを探した。トンスキホーテは本当に何でもあるなあ。

「スライムを飼うにはやっぱり鉄柵の檻じゃダメかなあ？　大きなアクリル水槽の方がいいのかも。でも別に部屋で試すわけじゃない。ダンジョンでやればいいんだからいろいろ試してみるか」

ペットコーナーで検討しているのはモンスターの養殖だ。

ともかく僕は『成長限界なし』のスキルをフル活用するために、日本のアイテムを使って安全を確保しつつ、モンスターを1匹でも多く倒す方法を考えていた。

魔法もいいけど、科学技術の発展も素晴らしいよね。

トンスキホーテから出て行こうとすると、コスプレコーナーが目に入った。

その時、僕の脳に、電光走る！

「ひょっとしてダンジョンでコスプレ服を着たらステータスアップになるんじゃないか？　いやいや、さすがにないか……」

でも念のためコスプレコーナーを覗いておこうか。

あくまで念のためだ。

ダンジョンで生き延びるためには、慎重に慎重を重ねても足りないぐらいなのだ。

コスプレコーナーのゴスロリ服やメイド服、制服は、お尻丸出しと言えるぐらいスカート丈が短かった。

そ、そう言えば、今リアはおそらく下着をはかずに直接ジャージを着ている。

おパンツは濡らしてしまったからね。

メイド服が目に入った。パッケージは〝おパンツ見せ見せ〟でウインクしながら振り返っているモデルさんだった。

値段はサンキュッパ！　意外と安い！

「こ、これは恐らくダンジョンに効きそうな……」

モデルさんも十分にかわいいのだが、リアのかわいさとは比べるべくもない。

リアがこの服を着て同じポーズをしてもらったら……しかも彼女はナッシングおパンティーだぞ。

僕はフラフラとメイド服を手に取りそうになる。

い、いかーん！　おばあちゃんが悲しむぞ！　何を考えているんだ透！

このっこのっ！　僕は自分で自分を叩いた。

「まったく何という不謹慎な男なのだ。なにも知らない女の子を騙《だま》して、破廉恥な服を着させようとするなんて。ア、アレ？　ひょっとしてこれならリアの下着代わりになったりするんじゃね？」

　僕はトンスキホーテを出て自宅に走った。買い物袋の中には食料品や寝巻き用のジャージの他にスクール水着&体操着《ブルマ》セットが入っていた。

　マンションに戻るとリアは和室にいなかった。

「あ、あれ？　ただいまー」

「おかえりなさーい」

　どうやらリアは洗面所兼脱衣所にいるようだ。

　積み上げている段ボール箱の上にスクール水着&ブルマを適当に置いた。

「リア？　何しているんですか？」

「お洗濯です」

　リアはお風呂場の桶で下着を手洗いしていた。

「中世の人ならそうなるよね……」

「え？　何か言いました？」

「いや、何でもないです。洗剤は何を使いました？」

「この身体用の石鹸を使っちゃったんですけどダメでしたか」

ボディーソープか。まあ別にいいんじゃないだろうか。

「実は洗濯用のアーティファクトもあってね。それ用の洗剤があったんです」

「そ、そうだったんですね。申し訳ございません！　もう終わっちゃいました……」

「あ、気にしないで」

僕がそう言うと、リアは桶からおパンティーとブラを取り出して絞って脱水した。

「何か干すものありますか？」

「あーあるある。持ってくるね」

ダンボールを開けて洗濯バサミとハンガーを取り出す。

僕が洗面所に戻ると、リアはまだ脱水をしていた。

「え？」

「どうかされましたか？」

リアはまたおパンティーの水を絞って脱水していた。

だがそれはかわいい女性物ではない。ボクサータイプの男性物だ。

「それ……僕のおパンティー」

「あ、このカゴの中にトール様のものらしき下着があったので。洗濯するものではなかったのですか？」

リアは僕の下着だとわかっても手で洗濯してくれていたのだ。中世の人だったら当たり前かもしれないが。

「いや、洗濯するつもりでしたよ。ありがとう」

「はい！」

リアが満面の笑みで微笑む。

彼女が僕の下着を洗濯している間に、スクール水着&ブルマを買ってきた自分を打《ぶ》ちたくなっていた。

「私の下着は替えがないからちょっとスースーしますね」

リアが恥ずかしそうに目を伏せる。

「明日には乾くよ」

こういうものがあるんだけどとブルマを出せない自分を打《ぶ》ちたくなっていた。

記憶の中のおばあちゃんは笑顔だった。

「ところでオリーブオイルと使わない布はありませんか？　ないですよね」

「え？　あるよ」

「本当ですか？　少しいただいてもいいでしょうか」

自分は結構、料理をするのでオリーブオイルはもちろんある。

布も破れたTシャツをハサミで切ったものがある。

「これでいいかな？」

「ありがとうございます。助かります」

リアは布にオリーブオイルを湿らせる。

何をするのかなと思ったら、甲冑《かっちゅう》と具足を拭き始めた。

そうか。錆《さび》止めか。

リアの表情は真剣そのものだった。

笑っている顔もかわいいけど、今の顔も凛々《りり》しくて美しい。

こうしてみると本当に騎士なんだなあと思う。

さて自分もやることがある。

引っ越ししてからまだあまり使っていない洋室に行った。

この部屋はパソコン部屋兼寝室にするつもりだ。

「さてベッドフレームを組み立てますかね」

最近の安い家具は組み立て式のものが多い。工具も入っているタイプだ。

相当大きいばらばらのフレームが部屋に置いてある。

「2人以上で組み立ててくださいって書いてあるんだよな」

だからリアがお礼をしたいって言った時に作るのを手伝ってもらおうと思ったんだが、彼女は甲冑を整備中だ。

邪魔してはいけない。1人でやってみる。

黙々と作業するが、2人でと書いてある意味がだんだんわかってきた。

「なるほど、大きなパーツと大きなパーツをつなぎ合わせるときに誰かがどっちかのパーツを支えてくれないと難しいのか。ぐっ。くっ」

何とか壁に立てかけたり、パソコン机にパーツを挟んだりして、1人でもできそうだった。

「あれ？　家具をお作りになっているんですか？」

結局、リアが手伝ってくれた。そりゃベッドはさすがにアーティファクトじゃないよな。

しかし、マットレスには驚いたようだ。

「わあ、すごい！　適度にポヨンポヨンと弾力があって羽毛よりも気持ちよさそう！　ベッドのアーティファクトですね！」

ビニールに圧縮梱包されたペッタンコのマットレスを開けると、すぐに弾力性のあるマットレスになった。

ボックスシーツを被《かぶ》せればすぐに寝られる。

「できたと。じゃあ今日はもう疲れたから寝ますか。リアはベッドで寝てね」

「えええ？　私《わたくし》がですか？　トール様はどこに？」

「畳の上ですかね」

「そ、そんな。悪いですよ」

「でもベッドは1個しかないですから」

「私が畳で寝ます！　畳大好きです！」

「いやリアは疲れているだろうからベッドで寝た方がいいですよ」

僕も主張したのだが、結局リアの主張の方が強かった。

僕が洋室のベッドで、リアが和室の畳で寝ることになった。

歯を磨いたり2人で寝る準備をする。

タオルケットと毛布があったのでそれはリアに譲って、まだ季節的には暖かいし、僕はバスタオルで寝ることにした。

和室にタオルケットを敷いて枕と毛布を置く。

「明かりのアーティファクトを消すね」

「あっ」

蛍光灯のスイッチを消そうとするとリアが声を上げた。

「ん？　どうしたの？」

リアはどこか不安そうな目をする。

「いえ、その……おやすみなさい」

「う、うん。おやすみなさい」

どうしたんだろうと思いながら和室を暗くして、自分は洋室に行って、作ったばかりのベッドで寝ることにする。

部屋を暗くすればすぐ眠れると思ったが、興奮しているのか眠れなかった。

そりゃそうだ。この物件に引っ越してからというもの、初日なのに大冒険もいいところだぞ。

「眠れないな。枕をリアに渡してしまってないからかも」

「あの……枕……使います？」

ほとんど真っ暗な部屋から声が聞こえる。

ビックリして声の方を振り返ると、窓からの街灯の明かりで女性らしきシルエットが浮かんだ。

「あ、リア。ど、どうしたんですか？」

「枕……使うでしょう？　私、使いませんから」

リアが枕を渡してくる。つい受け取ってしまった。

暗闇だったから受け取る時に手を握ってしまった。

震えている？

「あっ！」

「……」

その時、僕は気が付いたのだ。

今まで凛々しい騎士の側面ばかり見ていた。

けれどリアはダンジョンの真っ暗な場所で、意識がありながらモンスターに襲われるのを待っていたのだ。

ついさっきの話だ。

「あのさ、リア。このマットレスのアーティファクト気持ちいいから一緒に寝ます？　いや寝ましょうよ。アーティファクトの自慢をさせてください」

少しだけ間を置いてリアのシルエットが小さく頷《うなず》く。

ベッドはちょっと贅沢してセミダブルだったので、無理をすれば離れて寝ることができた。

けれども震えるリアに腕を回して寝る。リアは最初は少しビクっとしたけど、腕を首に絡めてくれた。

震えも止まった。

「暖かくて……怖くないです」

「うん。よかった」

リアは自分のおでこを僕のおでこにつけてきた。

「ありがとう。トール様」

いつもは凛々しい騎士でも、かわいい時があってもいいよね。

4　しばらく女騎士と生活することにした件

「おはようございます。トール様」

何だかとても暖かい声で、自分を呼ばれているような気がする。

目を覚ますと見慣れない風景だ。

「そういや、引っ越ししたんだった……」

隣に美少女が横になって微笑んでいる。

「うわあああああああああ！」

「ど、どうしたんですか？」

そ、そうだ。昨日はリアと一緒に寝たんだった。アイツなら俺の隣で寝ているぜを生まれて初めて実行できたのだが、悲しいかなモテたことのない僕はそんなことすっかり忘れていて悲鳴を上げてしまった。

宝石のような瞳が心配そうに僕を見ている。

「す、すいません。大賢者として世間の偏見と戦ったトラウマが」

モテない男は、年をとると魔法使いになるというネットの噂もある。どうやら僕にとっては嘘ではなくなりつつある。

「そ、そうだったんですか。大丈夫ですか？」

「ええ。もう大丈夫です」

窓からは陽光が差し込んでいた。

朝か……昨日はいろんなことがあったなぁ。……明らかに、いろんなことがあったなぁで片付けられるレベルじゃねえ。

引っ越し先がダンジョンにつながっていた。スライムとはいえ、モンスターと遭遇して倒す。ステータスをチェックして、レベルも上がる。

しかし最大の大事件は、何といっても美少女の女騎士、リアが寝泊まりしていることだ。

彼女はどうしたらいいんだろうか？　異世界人だしなあ。


朝の陽の光がリアの金色の髪を輝かせている。近くにいるとドギマギしてしまう。

ん？　けど、何か変だぞ？

「リアはどうして今が朝だとわかったのですか？」

この部屋にはまだ壁時計をつけていない。そもそもダンジョン側の人に時計の概念はあるのだろうか？

それに、窓の外が石壁に見えてしまうリアが朝だとわかるのはおかしい。

「もう大賢者様、寝ぼけているんですか？」

リアがやはり洋室の小さい窓を指差す。

「石壁が日の光みたいに輝いているじゃないですか？」

理解した。リア、いや異世界の人にはそう見えるのね。

「これって大賢者様がダンジョンの中でも健康的に生活できるように作ったアーティファクトなんでしょう？　アルケミストとしても天才なんですね」

アルケミスト……魔法のアイテム、アーティファクトを作る人だろうか。

「い、いやまあ」

「うふふ」

ベッドで寝ているリアが近距離で微笑むと、否定するタイミングを失ってしまう。なし崩し的に僕が作ったアーティファクトになってしまった。

あまり嘘はつきたくないが、大賢者と誤解されていた方がいいかと思う理由もある。

ともかく2人ともベッドから出て顔を洗う。

朝食はハムエッグとトーストを作った。ハムエッグとトーストはダンジョン側の世界にもあるみたいだけど。

「ダンジョン内でこんな美味しいものが食べられるとは思いませんでした」

「そ、そう？」

「はい。このジャムも甘くてすっごく美味しいです。高価なものなんでしょう？」

トーストに塗ってあげたジャムに感動している。忘れたけどスーパーで２００円ぐらいだったかな？　ジャムにも何か特別な力があるのかもしれないな。

朝食を食べてから歯を磨いて、少し部屋の片付けをする。リアも手伝ってくれた。

引っ越しをしたばかりなので、まだまだ散らかっていたからだ。

「掃除っていうか、荷物の整理なんか手伝わせちゃって悪いですね」

「これってひょっとして引っ越ししたばかりなんですか？」

ドキーン。リアが急に聞いてきた。大正解だ。

「バレちゃったか。実は僕はただの……」

「そうですよね。運びやすくてすっごく軽い箱に物を入れてまとめてあるんですもの。この箱、すごいアーティファクトですよね」

「え？」

ダンボール箱のことだろうか。異世界人から見たらアーティファクトということになるらしい。いやリアだからのような気もしてきた。

「ダンジョンのどこかからここに引っ越したんでしょ？　トール様がここに居を構えてくれたおかげで私は助かっちゃいました。本当にありがとうございます」

「いや、そんな。ちなみにこの箱はダンボール箱っていうんです」

「へ～軽くて持ちやすくて。とっても便利ですね」

リアがニッコリと僕に微笑みかける。どうやら彼女は何でも善意に解釈する性格らしい。

片付けをしながら、いろいろと異世界のことやリアの話を聞いてみることにする。

どうやらリアの世界はまだ王政の社会のようだ。それも中央集権型の絶対王政や帝政というよりは、まだ貴族や教会が領地を持っていて権力の強い分権型のようだ。

ちなみにリアもカーチェ伯爵家というところに仕えていた騎士だったらしい。

「カーチェ家は没落してお取り潰しになっちゃったんですけどね」

それで元騎士なのか。その元騎士がなぜダンジョンの冒険者などをしているんだろうか。普通に考えれば、経済的な事情だろう。聞かないことにした。

実は他にも聞きたいことがある。

「あ、あのさ。地上ではまだ火山に住んでいる竜人とか元気にしているかなあ？」

そう。僕が知りたいことは、ファンタジー世界によく出てくるエルフとかドワーフとか獣人とか、そういう亜人がいるかどうかだ。

竜人ならその辺にはいなさそうな気がする。曖昧に聞いてみれば、大丈夫かもしれない。

「りゅ、竜人ですか？　人里には滅多に姿を現しませんし、私にはわかりません」

「そうですか」

そりゃそうだよね。適当に言っただけだし仕方ない。

「トール様は竜人とも交流があったんですね？　どこの火山のことなんでしょう」

「えっと……西？　西のほう？」

「西の火山というと……きっとキリマン山ですね」

「そ、そこかな。名前は知らないんだよね」

「はい！　きっとそうです。人を食べる知恵のドラゴンがいるって伝説ですし」

うん、絶対違うね。そもそも竜人との交流なんかない。

「麓の樹海には人間が森に入るのを嫌う猫型獣人もいるのによく行けましたね」

ほうほう。やっぱり猫型獣人とかいるのか……。

「さ、最近、人間と仲良くしている亜人は？」

「人間と仲良くしている亜人ですか？　そうですね。エルフや先ほどの猫型獣人も森に入らなければ友好的ですよ」

リアがダンボール箱を開封しながら教えてくれる。

やはりエルフはいたんだ！　猫型獣人も捨てがたい！

「あ、ちょうどエルフの本が出てきました。このダンボールは資料を入れてあったみたいですね」

「え？　エルフの本？」

リアが1冊の本を取り出して僕に見せる。

「触手があるモンスターに襲われているエルフが表紙の資料なんて珍しいですね。ちょっと見ていいですか？」

僕はリアの手にある本を奪って〝資料〟が詰まったダンボールに入れ直す。そして和室の押し入れに叩き込んだ。

どうやら衣料のダンボールの中にお宝が混じっていたらしい。

「ど、どうされたんですか？」

「あ、危ないところでした。あれも禁書の一種です」

「そ、そうだったんですね」

危ないところだったことも、禁書の一種であることも正しい。

それにしても引っ越しってどこにこんなに物があったんだろうってほど、後から後から物が出てくるよな。

「リア～ちょっと休憩しましょうか？」

「そうします？」

「うん」

テーブルで何か飲みながら休憩することにした。

「飲み物は何にする？　昨日の紅茶、牛乳、コーラもあるけど」

リアが少し恥ずかしそうに言った。

「コ、コーラをいただいてもいいですか？」

「あはは。やっぱりハマるでしょ？」

「は、はい。シュワシュワと甘さがとってもいいですよね」

「そうだ！　これの絞り汁を入れるとさらに美味しくなるよ」

「あっレモンですね」

「正解！」

どうやら異世界にもレモンはあるらしい。けどコーラにコレを入れたらどうなるかは知らないだろう。そりゃそうか。コーラを知らなかったんだから。

「ん～レモンの風味がコーラの甘さを爽やかにしますね。美味しいです」

リアはすぐ飲んでしまった。悲しそうな顔をする。

「おかわりもありますよ。レモンも絞るね」

パアッと顔が明るくなる。わかりやすくて楽しい。

コーラを飲みながらモンスター談義に花が咲く。

「ヨーミのダンジョンは本当にいろんなモンスターが出ますよね」

リアの話によると、この日本の部屋とつながっているヨーミのダンジョンは、とにかく危険がいっぱいらしい。

「ところで最近ダンジョンに出るスライムで危険な種類がいたら教えてくれます？」

「紫のポイズンスライムは強力な毒を持っていますよね。黄土色のアシッドスライムは強力な溶解液を吐きます。危険なスライムはそれぐらいかな？　もちろんトール様ならご存知だと思いますけど」

いや全然ご存知ない。メモに取りたいぐらいだ。

「僕は近頃ほとんどモンスターと戦っていませんから」

「そうだったんですね」

ええ。青いスライムとしか戦っていません。

休憩を終えて、また2人で部屋を片付けだす。

「あ〜！」

リアが声を上げる。

こ、今度はなんだ。また〝資料〟じゃないだろうな。

「これ！　すごくかわいい服！」

「へ？　かわいい服？」

リアが僕に見つけたものを見せる。

「これです。これ」

「げっ、ブルマとスク水！」

そういえば、トンスキホーテから帰ってきて、今リアが片付けようとしているダンボールタワーの上に適当に置いたような気がする。

「ひょっとしてまた危険なものなんですか？」

「い、いや。そうじゃないけど」

危険と言えば危険だけど、物理的な危険はない。

「見たこともない服ですから、これも特別なアーティファクトなんですよね？」

「いや、まあ……水着と……」

スクール水着は確かに水着だけど。ブルマは何て言おうか。

「部屋着兼寝間着かな」

僕は願望を言ってみることにした。

「そうなんですか。かわいいなあ～。けどこれって女物ですよね？　ひょっとして……」

「い、いや。女物の服の依頼もたまーにあるんですよ」

「そうだったんですか」

「よかったらリアにプレゼントしますよ」

「いいんですか!?」

ダンジョンで何か特別な効果があるかもしれないと思って買ってきたものだが、どう考えてもやはり自分で着ることはできない。

「うん。ぜひもらってください」

「ありがとうございます！　早速はいてもいいですか？」

な、何だって？

「ブルマを？　ここで？」

「やだ……トール様……脱衣所貸してください」

「あ、いや、うん。それはもちろんだけど」

「着替えてきますね」

え？　この状況はマジなのか？

すぐにリアが脱衣所から出てきた。その姿は聖紺色《せいこん》をはいた女神と言っていいだろう。

「ど、どうですか？　似合っていますか？」

聖紺色のヒップラインはあくまで健康的なボリュームと丸みがあり、スラっと伸びた太ももはきっと誰でも……。

「枕にしたい」

「え？　枕ですか？」

「あ、す、すいません。何でもないです」

似合っていますかと聞いたのに、枕にしたいと言われたリアは不思議そうな顔をしていた。

「すごく似合ってるよ」

「ほ、本当ですか？　じゃあ寝間着でもあるんだし、今日もブルマで一緒に寝てもおかしくないですよね。エヘへ」

な、何だって。今日は……ブルマ……だと？

確かに昨日は一緒に寝たけど、彼女はジャージを着ていた。

マンション＋ダンジョン。通称マンジョン。ありがとう……。

ダンボール箱が片付いた場所を、ブルマ姿のリアは楽しそうに掃除機をかけてくれている。

掃除機はアーティファクトということになっているし、金髪なので日本人には見えないが、その姿は現代人が掃除している様子と変わらない。

結局、今日はほとんど一日中片付けをした。

リアは夕食の麻婆丼を食べた後にコーラフロートを楽しんでいる。

「冷たくて甘～い！　それをコーラのしゅわしゅわが……ん～～～！」

楽しんでいるところを悪いけど、一応聞いといた方がいいかもしれないな。

「ところでリアさんはこれからどうするんですか？」

彼女は下を向いてシュンとしてしまった。

理由は何となく察せられる。普通に考えれば、マヒ毒は治ったし一晩寝て体力も回復したと思う。

ならダンジョンに戻って地上を目指そうとするのが普通だろう。でも……。

「ひょっとしてリアは、すぐにはダンジョンから地上に戻ることができないのでは？」

「はい……実は仲間がいたのですが……その、えっと……はぐれてしまって、剣も失ってしまいました。私《わたくし》1人では地上には」

やっぱり、そうか。それに本人は気が付いてないかもしれないけど、マヒしながら暗いダンジョンの中をずっと1人で倒れていたことで、ちょっとしたトラウマになっているような気もする。

でもどうやって異世界の地上に戻るつもりなんだろうか？

一人では地上にいけないということは、大賢者である僕に送って欲しいとかそういう話になりそうな。

スライムはピッケルでやっつけることができたが、道中にゴブリンだのドラゴンだのが出てきたらリアを守れる自信はまったくない。

「ダンジョン探索に来た冒険者がここの近くを通ることもあると思いますので、その際に同行しようと思います」

ああ、そういう方法か。

「でも、そんなにすぐ通るのかな？　同行を拒否する冒険者もいるかもしれないし」

「場合によってはかなりかかるかもしれません。毎日ダンジョンで待てば、1週間以内にはきっと」

「1週間ぐらいか」

困ったときはお互い様だよね。リアなら1週間ぐらいいてくれても全然いいし。

バイト中はどうしようか。まあ何とかなるだろう。

「それまで大賢者様の所に置いてくださってもご迷惑ではないでしょうか？」

そうなのだ。もし僕が貧乏な一般人とわかったら、リアのような人は迷惑だと思って、無理をしてでも出ていってしまうのではないかと思う。

そして武器のないリアは今度こそモンスターに。しかもゴブリンの群れに襲われて……くっ殺せと言うも……許さーーーん！

リアに気兼ねなくいてもらうためには、やはり大賢者の方がいいだろう。

「迷惑だなんてそんなことないですよ！　何たって僕は大賢者ですから！」

「本当ですか？　ありがとうございます！　お料理、お洗濯、お掃除、何でもします」

何だか急に金髪で美人の奥さんができたみたいだ。

もちろん本当の奥さんではない。

結局、帰っちゃうわけだし。正直寂しい。

「何なら……ずっといてくれてもいいよ」

唐突な自分の言葉に驚く。普通に考えたら、パスポートさえない異世界の人をずっとここにいさせられるわけがない。経済的な問題だってある。

でも自分の口から自然と言葉が出てしまったのだ。自分に内なる問いかけをしても、その困難に向き合う覚悟がない、いい加減な言葉ってわけでもないように思える。

「うれしいです……けど私も地上に戻らないといけないので……」

「そ、そうだよね……」

残念だけど当然の返事が帰ってきた。リアだって異世界での人間関係があるだろう。肉親とほとんど縁が切れている僕だって少しはある。別に僕が嫌われてるってわけじゃないよね。

彼女が笑いながら目尻を拭う仕草からはそう思えた。

「でも、またこの部屋に……トール様に会いに来てもいいですよね？」

リアは恥ずかしそうに下を向き、上目遣いで僕を見る。

「もちろん！　いつでも来てください」

「ふふふ」

「えへへ」

何だかリアと顔を会わせていることが気恥ずかしい。

彼女も同じだったようだ。

「そ、そうだ。私《わたくし》、お風呂入ってもいいですか？」

「あ、ああ。いいですよ」

そういえば、そんな時間だ。

脱衣所に行ったリアが顔を出す。

「どうしたの？」

「そういえば、トール様。いただいた服って1つは水着なんですよね？」

いただいた服？　ああ、ブルマとスクール水着か。

「え、えぇ。スクール水着っていう水着ですけど」

何が言いたいんだろうか。リアは何も言わない。

「？」

「何でもないですっ！」

リアはお風呂に入ったようだった。

5　ぷるぷる、わたしわるいスライムじゃない件

リアがお風呂に入る。

僕はその間にやろうと決心していることがあった。軽く深呼吸をする。

「ふーはー！　行くか！」

行き先はもちろんダンジョンだ！

ダンジョンは危険だが、レベルアップや単純な好奇心には逆らえない。

存在すれば、潜らざるを得ない魅力。それがダンジョン。

それに、リアのために強くなっておくのは悪くないと思う。

ひょっとしたらリアと付き合うようになって、日本と異世界を行き来するようになるかもしれないしね。

自分で言ってて悲しくなった。モテなくてなるという、魔法使いだか賢者の妄想だ。

ヘッドライト付きヘルメット、ピッケル、メモ帳。

ポテチ、シーザードレッシングをかけたサラダのタッパー、そしてコーラ。

他にも携帯できるチーカマ、コンビニのおにぎり、クリームパンなど、いくつかリュックサ

ックに入れた。

握力計も持っていくことにした。

玄関のドアに耳をつけて、慎重に物音を探った。

音はせずシンとしている。だがスライムはもともとそれほど音をたてないだろう。

慎重にドアを開けた。

近くにスライムはいなかった。

実はゴブリンについてはもう心配していない。

食後の雑談でモンスターについてリアに聞いたのだが、壁抜けしたり、何もない所から現れるモンスターというのは基本的にいないらしい。

例外的にステルス的なスキルを持ったモンスターが急に現れるぐらいとのことだ。

では一度モンスターがいないことを確認した密室に、なぜスライムが現れたのか。

スライムは消しゴムぐらいの大きさでも時間が経つと成長して、人を襲うほどの大きさになるらしい。

盾の陰に隠れるぐらいの大きさなら、成獣と幼獣の中間のようだ。

だから小さなスライムを見逃していて、少し成長したという簡単な理由だろう。

スライムの種類によってはすぐに大きくなるらしい。

「ま、そのスライムも玄関付近にはいないみたいだ。ならばやることは1つだな。ステータスオープン！」

【名　前】鈴木透《スズキトオル》
【種　族】人間
【年　齢】21
【職　業】無職
【レベル】2／∞
【体　力】20／20
【魔　力】30／30
【攻撃力】115
【防御力】44
【筋　力】11
【知　力】20
【敏　捷】13
【スキル】成長限界なし

出た出た。心の中にイメージとして数値が出た。毎度のことながら驚く。

レベルが上がってからのステータスはメモを取ってなかったから、ゆっくりとメモを取った。

「【防御力】が減ってるな。昼間とは服装が違うからかな。ジーンズはジャージよりも強いのかもしれない」

メモを取り終わってから思ったことは、スライムいないかなだった。

「リアルでレベル1から2になるのがこんなにうれしいとはね。目に見えて筋力とかが上がっていくし。まあスライムを探すにしてもその前に……」

ポテチの袋を開けて食べる。

「ん！　マジかよ。やっぱり、リアの感じたとおりだったか」

ステータスを確認すると、【敏捷】の数値が19（＋6上昇中）になっていた。

「すげえな。日本の食い物はどうなっているんだ？　これはのりしおだけど、ピザ味とかだったらどうなるのかね」

シーザードレッシングをかけたサラダも食べてみた。

すると【魔力】の数値が30／45（＋15上昇中）になっている。

「サラダは魔力か。リアは体力も上がった気がするって言っていたから、ハンバーグは体力だったのかもな。念のためコーラも飲んでみよう」

何の変化もないみたいだ。やはりコーラはマヒ毒に対しての解毒作用なのか。

上昇率はどちらも50％で小数点は切り捨てかな。

重複はしないみたいだけど、50％上昇ってめっちゃ強力なんじゃ……。

適当にチーカマ、おにぎり、クリームパンなども食べてみる。

チーカマは……おお！

【筋力】のようだ。おにぎり、クリームパンは効果なし。

ひょっとして重複しているのか、体力回復なのかもしれない。

よし、次はコスプレ服の体操着の上だ。

ジャージの下のTシャツを脱いで代わりにコスプレ服を着る。

【防御力】がTシャツを脱ぐと1減って、コスプレ服を着て1増えただけだった。Tシャツと同じく【防御力】は＋1で、特殊効果もないのかもしれない。

「いやいや。わからないぞ。リアが着たら特殊効果があるかもしれない」

そこは希望を捨てないようにしよう。

料理で一時的にアップしたステータスもメモしておくことにした。

【名　前】鈴木透《スズキトオル》
【種　族】人間
【年　齢】21
【職　業】無職
【レベル】2／∞
【体　力】20／20
【魔　力】30／45（＋15上昇中）
【攻撃力】120
【防御力】44
【筋　力】16（＋5上昇中）
【知　力】20
【敏　捷】19（＋6上昇中）
【スキル】成長限界なし

いいぞ、いいぞ。問題は、ここのステータスが現実世界に影響を与えるかだ。
それを確かめるアイテムも持ってきている。そう、握力計だ。

「【筋力】が5上昇すれば、握力にして20ぐらい上昇するはずだ。やってみるか。ぐっ！」

握力計の示した数値は64kgだった。

「やった！　計算通りだ！　やっぱりステータスの上昇は現実的な能力も上昇させるんだ！」

そうと決まれば、レベル上げだ。

まだこの密室にもスライムはいるだろうか。

部屋の隅々までスライムを探す。小さなスライムがいたら大きく育ててもいい。

リアの話では分裂増殖説もあるそうだから、増やせるかもしれない。

しかし、どれだけ探してもスライムはいなかった。

いないな〜、やっぱりアレが最後のスライムだったんだろうか……。

「ああ！　もっと強くなりたい！　もっとスライムはいないのか！」

ダンジョンの大部屋を徹底的に探すが、なかなか発見できない。

「1匹もいないってことはないだろう……」

どこかに1匹ぐらい幼生のスライムがいないだろうか。

1匹ぐらいは小さなスライムがいてもおかしくない。

目を皿のようにして探す。

「いた！」

石床を消しゴムよりも小さなスライムがゆっくりと這《は》っていた。

しかし、こんな小さいのを倒しても、明らかに経験値は低そうだった。

「こいつを大きく育てて倒そう！　いや、うまくいけば増やせるかもしれないぞ。モンスター養殖計画の第一歩だ！」

たまたまあったトンスキホーテのビニール袋に入れて持ち帰る。

台所で透明なタッパーを見つけた。

「うん。こいつは丈夫なパッキンもついているし、いいだろう」

水を入れた小皿と野菜くずを入れた小皿も入れる。

「空気穴も開けて……」

完成だ。それにしてもこのスライム、白いな。

「紫と黄土色のスライムは気を付けたほうがいいって言ってたから、白なら平気かな」

これをダンジョンで育てるわけだが、何だかもう少し眺めていたくなる。

リアは長風呂だからもう少し大丈夫だろう。

和室で紅茶でも飲みながら眺めよう。

◆
◆
◆

僕は白スライムが形を変えながらタッパーの中を動くのを飽きずに眺めていた。

「うーん。段々とかわいくなってきたぞ」

かわいいと言うと、スライムがうれしそうにプルンプルンと反応した気がする。

ますますかわいい。

段々と倒す気持ちが失せてくる。

「リアに見せたらどう思うかなあ。……ダメかもな。リアはモンスターを恐れているような気もする」

たぶんマヒ毒でダンジョンの中で倒れたからだと思う。

でも僕は、さっきまでの自分では思いもよらない事を考えている。

「このスライム、養殖っていうよりも飼えないかな?」

その時、洗面室から誰かが出てきた音が聞こえた。

リアに決まっている。僕を探すだろう。

「や、やばい! スライムをどこかに隠さなきゃ! そうだ!」

押し入れの中、さらにリアに開けないように注意してある禁書(エロ同人誌)が詰まったダンボールの中にタッパーを隠した。

「しばらく禁書でも読んで隠れていてね」

スライムがプルンと揺れて返事をしたような気がした。

和室のドアが開く。僕は慌てて押し入れを閉めた。

ブルマのリアが不思議そうな顔をしている。

「トール様、どうかしました？」

「べ、別に。何でもないですよ」

「そ、そうですか？　お風呂空きましたのでどうぞ」

「う、うん。ありがとね」

僕はいそいそと浴室に向かった。白スライム早く大きくなれよー。

◆　◆　◆

体を洗って湯船に浸かる。

「でもなあ……。やっぱ異世界の生物を日本側で飼うなんてマズイかもしれないよなあ。この部屋が日本側なのかはイマイチわからないけれど」

よし！　スライムはやっぱりダンジョンに移そう！

悲しいけど……。

お風呂から出ると、リアは畳の上で甲冑と盾をオリーブオイルで拭いていた。

「あ、すいません。お邪魔でしたか？」

「いや、いいんだけど、実は今から禁書の研究をここでしたいんです」

「そうなんですかぁ！」

「うん。だからしばらくリビングでやってもらってもいいですか」

「わかりました」

聖紺色のブルマを着たリアが和室を出て行った。

「よっぽどブルマを気に入ってくれたみたいだな……いやそんな場合じゃない！」

押し入れを開けてスライムを確認する。

まったく変わらずにプルンプルンしている。

かわいいなあ。

「ん？　アレ？　パッキンが片側だけ外れてる？」

まさか、空気穴から体の一部を出してパッキンを開けた？

いやいや、包丁の先を錐《キリ》にして開けた小さな穴だぞ。

実際にタッパーの中にいるわけだし、きっと僕が閉め忘れただけだろう。

「ごめんね。マンションでペットを飼うのは禁止されているんだ。君のことはダンジョンで飼うよ」

なんだか白スライムが悲しそうにプルンプルンする。

僕は心を鬼にして、タッパーを隠しながらダンジョンに向かった。

「どこに行くんですか？」

「ダ、ダンジョン。すぐ戻るよ」

僕はリアから逃げるようにダンジョンに行く。

ダンジョンの密室の角にタッパーを置く。

「大人しくしていてね。もっと美味しいものや大きな水槽を持ってくるから」

白スライムに話しかけてマンションの部屋に戻った。

「ただいま～」

「おかえりなさい。何していたんですか？」

まだ甲冑の手入れをしていたリアが聞いてきた。

「いや、ちょっとね。ところでダンジョンで白スライムって最近見る？」

さり気なく白スライムについて聞く。

「え？　白スライムですか？　もう絶滅したって聞きますよ」

「そうなの⁉」

「はい。人間を攻撃してこない珍しいモンスターらしいですけど、個体数が少なくなって20年ぐらい前から姿を見ないと聞いています」

超レアなスライムを見つけてしまったらしい。

攻撃もしてこないなら部屋で飼おう。

「ちょっとまたダンジョンに行ってきます」

「え？　は、はい。気をつけて」

僕は慌てて白スライムの所に行く。

「え？　タッパーが開いている⁉　白スライムがいないぞ！」

辺りを探すが白スライムは見当たらない。

ヘッドライトだけでは足りない。スマホの懐中電灯機能も使ってと……あっ何か落ちているぞ。

近寄ってライトを照らす。

「あれ？　どうして心音《ココロネ》ミルのフィギュアがこんな所に？」

ダンジョンに心音ミルのフィギュアが落ちている。

和室にあったフィギュアが服に引っかかってここで落ちたんだろうか？

まあ、そうとしか考えられない。手に取ってみる。

「うわ！　このフィギュア。プヨンプヨンだなあ。気持ちいい〜」

造形は甘いってか同人の心音ミルみたいだけど、触り心地がすごくいいぞ。

「こんなフィギュア買ったかなあ。覚えていない。まあでも僕が買った以外には考えられないし」

ポケットに入れて、白スライムの探索を再開した。

ところが白スライムは見当たらない。代わりに消しゴム大の水色スライムを見つける。

「うーん。白スライムは見当たらないし、代わりにこいつを飼うか」

なんだか白スライムと違ってかわいくないけど、いなくなってしまったので仕方ない。

手にとってタッパーに入れようとする。

「イテッ。指をかんだのか？」

タッパーに入れようと持ったら攻撃された。やはりかわいくない。

「まあいいか。これも経験値の種《タネ》だ。大きくしてから狩ろう」

倒すのに躊躇《ためら》わなくてもいいという意味では、水色スライムのほうが白スライムよりいいかもしれない。タッパーを置いてダンジョンを後にした。

「ただいま〜」

「おかえりなさーい。遅かったですね」

白スライムの探索にはかなり時間を使った。

心配させたかもしれない。

「ごめんなさい。ちょっと禁書の研究をしていました。和室に行ってきますね」

ダンジョンで拾った人形をポケットから取り出す。うーん、なかなか良い人形だ。

触り心地がとにかく素晴らしい。もう少し眺めていたいが、そろそろ寝る時間だ。

記憶にはなかったが、お気に入り人形のポジションに置こう。

何となく寂しそうな人形を置いて和室の電気を消した。

リビングのリアのそばに行く。

……たぶん、今日も一緒に寝たいと言うに違いない。きっとまだダンジョンの恐怖が残っているだろう。

ならベッドで一緒に寝ることになるよね。そうに違いない。

「リアー。そろそろ歯を磨いて寝ませんか？」

「そうですね。眠くなってきました」

並んで歯を磨き終える。

「あ、あのトール様……今日も一緒に寝ていいですか？」

「う、うん。いいですよ」

「ごめんなさい。ご迷惑ですよね」

「いやいいんですよ。でもまだ怖いの？」

「暗い所はまだ少し……」

昨日も一緒に寝たが、今日はジャージからブルマに昇格（？）している。

昨日のように首に腕を回し合うということはないが、足は触れ合っている。というか絡み合っている。

重要なことだから二度言う。リアはブルマで生足だ。

自分も短パン、せめてハーフパンツにすれば良かった。ジャージであることが悔やまれる。

今日はこっそり起きてダンジョンに行くつもりもない。

後は明日に備えて寝るだけなんだけど眠れるんだろうか……。

…………………。

………………。

…………。

……。

ね、眠れーん！

大分経ったが、まったく眠れる気がしない。

きっとリアも眠れないハズだ。

しかし、スヤスヤとわずかな寝息が聞こえる。

目を開けてスマホの画面の光でリアを見る。

仰向けで気持ちよさそうに眠っている横顔が見える。

スマホは寝床に入ってから2時間が経過したことを示していた。

「ふ～」

一瞬、目を閉じて開く。どうせ眠れないなら久しぶりにソシャゲでもしよう。

ところが目を開くと、起きているリアがいた。

リアも目を開いていた。

「何だ。やっぱり起きていたんですね」

……何かがおかしい。リアはベッドの上に仁王立ちしているのだ。

それなのに、僕の横になった頭と同じ背しかない。つまり非常に小さい。

だが小さいリアはどこからどう見てもリアだった。ブルマ姿や髪型までキッチリ同じだ。

その小さいリアの向こうにはベッドで寝るリアがいた。

何だ？　これはどうなっている？

夢か？　夢なのか？　寝ぼけているのか。疲れているのは間違いない。

「ご主人様の好みの姿になってみました。どうですか？」

小さな、人形サイズのリアがその大きさにふさわしい小さな声で聞いてきた。

僕に聞いてきたのか？

「お、おおおおお前は何だ？」

声は上擦《うわず》っていたが、何とか大きなリアを起こさない程度の小さな声で聞き返すことができた。

「え？　似ていませんか？　服の下もまったく同じだと思いますよ。ほら」

人形サイズのリアがブルマとパンツを落ろす。

「うわあああああああああああああああああ！」

大きなリアがビクンッと跳ねてモゾモゾと起きだす。

僕は素早く小さなリアを手に取り（や、柔らけえ）、ジャージのポケットに入れた。

「ど、どうされたんですか？　トール様」

「す、すいません……。大賢者として第五次魔法大戦に従軍させられた時の悪夢が……」

「まあ。そうなのですか。そんな戦争があったなんて知りませんでした」

もちろん僕も第五次魔法大戦なんて知らない。けれども僕が体験したことは第五次魔法大戦よりも恐ろしい。

「私、トール様と一緒に寝てあげますね」

さっきまで一緒に寝ていたと思うが、という無粋なツッコミはやめて、またリアとベッドに入った。

リアは歌いながら僕の体を優しくポンポンしてくれたが、どうやら自分の方が先に寝てしまったようだ。

僕はジャージのポケットを押さえながら静かにベッドから降りる。

リアはやはり熟睡するタイプらしく、全く気が付かなかった。

静かに和室に移動する。

そして恐る恐るジャージのポケットから内容物を取り出す。

やはり柔らかい感触とともに出てきたのは人形サイズのリアだった。

「この姿もご主人様の好みじゃないんですか？」

悲しそうに泣いている。泣いているけど。

「と、とりあえず、ブルマをはいてくれ」

「はい。ぐっすひっく」

人形サイズのリアが泣きながらブルマを上げる。

僕はこのリアが白スライムなのではないかと思っている。

だけど……小さなリアなんかになっちゃってどうすりゃいいんだよ……？　ご主人様ってどういうことよ……？


「あ、あのさ。君は？」

「もうスライムだってことはバレちゃっているみたいですね。でも」

小さなリアはプルプル震えながら決め台詞《ぜりふ》を言った。


「ぷるぷる、わたしわるいスライムじゃないよ」


「…………」

「……」

数十秒間の沈黙が流れた。白スライムは急に大声で泣き出した。

「う、ううう。うわ～～～～～～ん！」

「ちょっちょっと、泣かずに話を教えてもらいたいんだ」

なるべく優しい声で小さなリアに話しかける。

「はいっ。ひっくっ」

「とりあえず、君は白いスライムなのかい？」

「……そうです」

やっぱりそうなのか。心音ミルのフィギュアになったのも白スライムだろう。

白スライムが心音ミルに変身していた時に話さなかったのは、人形は話さないからだろう。

「えっと、どうして心音ミルやリアに変身したんだい？」

「ご主人様に好かれたくて……きっとご主人様が好きな形なんだろうと……」

確かにどちらも好きだ。反論の余地もない。

たぶんそうだろうと思いながら、念のために重要なことを確認してみる。

「ご主人様って僕だよね？」

「はい！　ご主人様！」

それはわかったが……どうしてそうなるんだ……？

「どうして君は僕を主人だと」

「はい！　最初に見た人だからです！」

「最初に見た人だからか……ご飯を上げたからとか契約したからとか好きだからとかそういうんじゃないんだ」

「はい！　ご飯をもらったからとか契約したからとかじゃないです！」

最初に見た人だからという理由にガッカリする。生まれたてのヒヨコが初めてみた物を親と思うようなものかもしれない。

「でも大好きです！」

「え？　そ、そうなの？」

「はい！」

人形サイズとはいえ、リアの顔でそう言われると照れてしまう。

でもおかしいだろう。

「僕のことを好きって何さ？　スライムに好きとかあるの？」

「え？　う、うーん。そうですねえ……」

今まで快活に答えていた白スライムの歯切れが悪くなる。意地悪な質問をしてしまったかもしれない。

ところがまたすぐに快活な答えが返ってきた。

「心が温かくなって、ご主人様に何でもしてあげたくなる気持ちです！」

そう言って人形サイズのリアがニコッと微笑む。

う……ヤバイ。かわいい。でも相手はスライムだぞ。

「……あ、あのさ」

「はい！」

「白スライムはさ……その……メスなの？」

念のためだ。スライムがオスだからとかメスだからとか関係はない。

だが、オスだと何となく悲しいので、念のため聞いてみた。

「メスかオスかですか？　スライムは雌雄同体でメスもオスもないんですが」

やっぱりそうか。

残念そうな顔をしていたのだろうか。白スライムが僕を励ますように言った。

「オスでもメスでもないですけど、大丈夫ですよ。ちょっと待ってください」

小さなリアがドロンと溶けて白いボール状になり、さらにアメーバ状になった。

やはりスライムだったのだと思っていると、白スライムが言った。

「ちょっとくすぐったいと思いますけど我慢してください」

「え？」

白スライムは僕の足首からジャージの中に入り、上の方に登っていく。

「ちょちょちょちょっ！　あう！」

白スライムは僕のアレをさんざん弄《もてあそ》んで、プルンと服の外に出てきた。

「な、何をするんだ！」

「ご、ごめんなさい。これでも軽くスキャンしたんですが」

「スキャンて何を？」

白スライムはまた人形サイズのリアに戻った。

小さいとはいえ完全にブルマをはいたリアだ。

顔も凛々しい美少女に見える。

「えへへ。まあ見ていてください」

「だから何をさ？」

僕が聞くと、リアに扮《ふん》した白スライムは、またブルマとパンツを一緒に下ろした。やはり手の平で自分の目を隠す。

「だからそれは止めろって！」

「ちょっとだけでいいから見てください」

見ろと言われたら仕方ない。

目を隠している手の平の指を開いて、リアの姿の白スライムがブルマを脱いだ箇所を見た。

「うわあああああああああああああああ！」

リアの股間に僕の見慣れたアレがあああぁ！

叫び声を上げてしまう。

洋室から誰かが飛び出た気配がする。リアだ。

僕は白スライムをジャージのポケットにねじ込んだ。

わずかなタイムラグで和室の引き戸がパッシーンと開いた。

「どうされたんですかあああぁ！」

「す、すいません……。大賢者として超魔導炉の暴走を防ごうとした時の悪夢が……夢遊病もあって和室に……」

「私、一緒に寝てあげますから！」

僕はベッドでリアの歌声を聞きながら一緒に寝た。

◆◆◆

数分後、再び和室に戻る。

「ごめんなさい、ご主人様。どっちの性別にもなれるって証明したくて」

「た、頼むからどっちかだけにしてね」

リアが寝入った後、また白スライムと話すことにした。

もちろんアレは消してもらった上で、ブルマをはいてもらっている。

「わかりました！　メスになるときはメス、オスになるときはオスになることにします！　それに私は、人間の食事を食べればすぐに大きくなりますよ！」

「そ、そうなんだ。大きくなるって人間ぐらい？」

「はい。変身すれば人間の大きさです。私、ご主人様の命令だったら何でも聞きます！　エッチなことも！」

「いや、それはいいけど。何で命令を聞いてくれるのさ？」

「私が白スライムだからです」

「え？　白スライムってそういうもんなの？」

「そうです」

「どういうことか教えてもらえる？」

白スライムは自分の種族のことを語りだした。

もともと白スライムは人間と共生する種族だったらしい。

主人とした人間が愛するものに擬態をして、かわいがられて生きるというのが白スライムの生態だった。

しかし、それを知った一部の人間は白スライムを悪用し始めた。

白スライムが主人に持つ恋愛に近い感情と何にでも変身できる能力は、悪い人間の格好の餌食だった。

とうとう白スライムは、人が来られないような難ダンジョンの地下深くの壁や地面に擬態して生きるようになったらしい。

初めに見てしまった人間に、その気持と能力を悪用されないために。

「そうだったんだ」

「でも私は人間が悪い人ばっかりなんて信じられなかったんです。だから仲間が止めるのも聞かず、ダンジョンを上に上にと移動して来たんです」

「そして初めて出会ったのが……」

「はい！　トオル様です！　私、トオル様に会えてとっても幸せです！」

ごめん。僕、異世界人じゃなくて日本人なんだ。

そう言おうとしたが、リアの姿に扮した白スライムが僕を見る目は輝ききっていた。

「ん？　待てよ？　すぐに成長して何にでも変身できるってことは！」

「エッチなことですか？　成長すれば、できますよ！　内部構造も作れます！」

「ちがーう！」

僕は白スライムの変身能力を使って、あることができるのではないかと思いついた。

「ねえねえ。それじゃあご飯を沢山あげるからさあ。いろいろ頼んでいいかなあ？」

「はい！　もちろんです！　ご飯をもらえなくても、ご主人様の言うことなら何でも聞きます！」

「いや、それは悪いからギブ・アンド・テイクでいこう。とりあえずどんな食べ物が好きなの？」

「人間の食べ物は何でも美味しいし、栄養があるって大人たちに聞いています」

なるほど。白スライムは仲間たちと人間の情報を共有しているようだ。

そりゃそうだ。自分たちに関わる種族の情報を共有しないわけがないか。

頭も良さそうだし。

「じゃあ、ダンジョンを探索用に買った鯖《さば》の味噌煮の缶詰、ご飯、インスタントのお味噌汁でいいかな？　サラダも作ってあげるね」

「食べたことないですけど大丈夫だと思います」

「そっか。保温中のご飯があるからすぐに出せるよ」

和室に小さいダンボールの箱を置き、小さいお皿に鯖の味噌煮とご飯、お味噌汁、サラダを載せて、出してあげた。

「ありがとうございます！」

人形サイズのリアのスライムは小さなフォークを使って食べ始める。

「ん〜本当に美味しいです！」

「そっかそっか。よかった。普段は何を食べているの？」

「ダンジョンの苔やモンスターの死骸です。モンスターの死骸は滅多《めった》に食べられません。ダンジョンの奥のモンスターは滅多に死にませんので」

「なら……美味しいだろうね」

「はい！」

白スライムは美味しそうに食べていたが、いくら小さなフォークとはいえ人形サイズでは大き過ぎて食べにくそうだ。

「もし食べにくかったら、スライムになって食べてもいいんだよ」

「で、でも、ご主人様が一番好きな姿形じゃないと怒られるって大人たちに聞いています」

あーなるほど。そういうことか。

「僕は怒らないから白スライムになりなよ」

それにリアの姿でいられる方が見つかった場合、マズイかもしれない。

自分の人形で遊んでいる相手に好感を持つ人は少ないだろう。

「わかりました」

スライム形態になった白スライムは、そのまま食事の上に乗って吸収していく。

みかん

半透明なので、食事が体の中に入ってフッと消えて吸収されていく様子が面白い。

「ところで白スライムは名前ないの？」

名前がないと不便だからなあ。

白スライムの食事が止まる。

「ありません……」

ないのか。それにしてもどうしたんだろう？　なんだか急に元気がなくなったような。

「名前つけてもいい？」

「名前をいただけるんですか？」

白スライムがまた急に元気になる。

「え？　まあ、あった方が便利なんじゃないかと」

「うれしいです！　私たちと人間の仲が良かった時代には、みんな名前をもらえたって聞いています！」

白スライムはプルンプルンと喜びを体で表していた。

「そ、そうなんだ。じゃあ何にしようかな。うーんと……そうだ。じゃあ雫《しずく》みたいな形態になることも多いから、シズクって名前はどうかな？」

某ゲームのスライムはまさに水の雫だしな。

「シズク……とってもかわいい名前です……気に入りました」

白スライム……もといシズクは体をプルンプルンさせた。

「よかった。じゃあこれからはシズクって呼ぶね」

「はい！」

「それにしてもシズク、もう大分大きくなってない？」

「あ、本当ですね」

シズクの体はパッと見でわかるほど大きくなっていた。

「食べれば食べた分だけ大きくなっている感じだ」

「ご、ごめんなさい。ここまで早く大きくなるとは聞いてなかったです」

日本の食事は不思議な効果があるから、ひょっとしたらスライムにとっても栄養価が高いのかもしれない。

「いや別にいいんだよ。大きくなってくれた方がありがたいし」

「そうなんですか！　じゃあ私もっともっと食べられますから、もっともっと大きくなります！」

先に僕とリアが食べていたとはいえ、５合炊きの炊飯器の中身がなくなった。

シズクはソフトボールからバスケットボールほどの大きさになっていた。

「いやー大きくなったね」

「これぐらい大きくなれば、人間と同じ大きさに変身できますよ」

「マジで？」

シズクによれば、どうやら気泡を沢山入れれば人間と同じサイズになれるらしい。

「あるいは水を取り込むとか」

「お風呂場に行くか！」

2人、いや1人と1匹でお風呂場に来た。

「このシャワーの水でいける？」

「はい！　じゃあ変身しますね」

おお、おおおおお！

大きさまで完璧にリアの姿になる。聖紺色のブルマも再現されていた。

「ちょっと体が重いですけどリア様に成れたと思います」

「体が重い？」

「元の体に対して水が多いので。空気を入れて調整しましょうか」

なるほど。もっと大きくなってくれれば大丈夫ということか。

「まだ、ご飯食べられる？」

「はい！　ご主人様のご飯は美味しいし、白スライムはいくらでも食べられます！」

「ホント？　じゃあ作るね」

キッチンに行って冷蔵庫をあける。

そばつゆと納豆、キムチ、万能ネギが目に入った。

確か冷凍庫には冷凍うどんが買ってあるはずだ。

それならアレができるぞ！

「特製スタミナぶっかけうどん！」

キムチ納豆と万能ネギが載っているぶっかけ冷やうどん、熱い日には最高だ。

「ん～おいしー！　本当に美味しいです！」

シズクはどんどん食べ進めていく。

こっちも作り甲斐があるな。

食パンを薄く叩いて伸ばしてオリーブオイルを塗る。

ピザソースをかけてオニオン、チーズ、ベーコン、バジル。

あとはオーブンで焼くだけ。多少、音や匂いがするけど、洋室のドアを閉めてあるからリアが起きることはないと思う。

「食パンを使った本格ピザ！」

食パンを薄く叩いて伸ばしてオリーブオイルを塗ることで、本当のピザ生地みたいになる。

「いくらでも食べられます～！　もともとスライムはいくらでも食べられますけど！」

そして……手抜きだけど。

「あんパンと牛乳！」

この組み合わせは神の組み合わせだよね。

「甘さと飲み物が～もう！　ところで？」

「ん？」

「ご主人様は私に何を頼みたかったんでしょう？」

そうそう。料理を作るのに熱中してしまったが、頼みたいことがあってシズクを大きくしていたことを忘れていた。

「実は僕、ファミリーレストランで働いているんだ。アルバイトだけどね」

「ファミリーレストラン？　アルバイトはわかりますけど」

「アルバイトわかるの？」

「はい！　薄い本に書いてありました！」

「そ、そう」

そのアルバイトの知識、合っているのかな？

「まあいいや。ファミリーレストランってのは食堂のことね」

「食堂ならわかります！　仲間の大人たちに人間の世界のことは聞いていますから」

なるほど。それを聞いているうちに、シズクは人間の世界に興味を持ってしまったのか。

中世の世界にあるような知識ならシズクにもあると。

もちろん中世の世界にだって食堂はあるだろう。

「アルバイトに行っている間、僕に変身してリアと一緒にいて欲しいんだ。遊んでいるだけでいいから」

「それがご主人様のためになるんですね！　わかりました！　シズク頑張ります！」

おお。よかったよかった。

正直、リアを一人にするのはいろんな意味で危ないと思っていたんだよね。

「じゃあ、僕に変身してもらっていい？　ソックリでお願いね。ソックリで」

「はーい！」

シズクは返事をすると、リアの姿で僕に抱きついてきた。

「うわっ！　な、何？」

「ご主人様をスキャンさせてください。今度はソックリということなので、よーくしますね」

「あ、あぁ。股間をやられたやつか。お手柔らかに……」

リア、いやシズクと合体するというか、僕に溶け込むというか、僕が溶け込むというか。

するとすぐに体のあちこちをスライムゼリーで弄られるような感覚に襲われた。

「ちょ、ちょっと……く、くすぐったい。ひひひ」

どうやら今、シズクは脇の下をスキャンしているようだ。

「ごめんなさい。もう少し我慢してくださ い」

そういうなら我慢するしかない。これも僕に変身してもらうためだ。

しかし……。

シズクの感触がまた股間に集まる。股間というか腰全体だ。

「ちょっちょっと恥ずかしい。あふっ」

「はい！　完全にご主人様をスキャンできました」

どうやら終わったようだ。

「そ、そう。気持ちよかったけど……腰をやる時は事前に言ってね……」

「す、すいません」

シズクは謝った後、完全に僕になった。

「うは！　これが僕か。鏡とも何か違うな」

正直、自分を見るのは気色悪いなと思っていた時だった。

「カッコいいです！」

え？　シズクにいきなりカッコいいと言われる。

「そ、そんなでもないだろう？」

「本当ですよ！　私、いろんなものに変身しましたけど、ご主人様が一番カッコいいです！」

強く主張された。まあ白スライムは主人に恋愛感情を持つ種族だから、そう思うのかもしれない。

でも悪い気はしない。

「とにかくさ。バイトの時になったらリアと遊んでいてね。リアは何でも信じちゃう子だから大賢者風のことを言っておけば大丈夫だから」

少し心配ではあるが、別世界の人間である彼女を一人にしておくよりはずっといい。

「でもご主人様……」

ん？　初めてシズクが僕に「でも」と言ったので気になる。

何か否定したくなったんだろうか。

「ご主人様がお仕事で、私がリア様と遊んでいていいんですか？　私がファミリーレストランってところで働いて来ましょうか？」

な、何だって？　仕事を代わりに行ってもらうなんて夢のようなことが……。

待て待て。賢いとはいえ、シズクはスライムだぞ。いくら何でも仕事は無理だろう。

それにリアの相手をしてもらえるだけでもありがたい。

「そ、それはありがたいけど、シズクを働かせるなんて悪いしさ」

「でもご飯をたくさん食べてしまいました……人間の世界でいう食費がかなりかかるんじゃないでしょうか？」

「それはまあ確かに」

「私はお金を持っていませんから、お返しさせてほしいです」

う、うーん。気持ちはありがたいんだけど。

「リアの相手はともかく、仕事はさすがに無理じゃないかな。ひょっとしたらいずれはできるかもしれないけど」

「すぐにできると思いますけど」

シズクはそう言うと台所に行った。

「ちょっちょっとどこに？」

「食材を使ってもいいですか？」

「いいけど」

何をするんだろうと思っていると、シズクはまだ残っている食パンを叩いて伸ばし始めた。

それにオリーブオイルを塗ってピザソースをかけて、いろいろな具材を載せた。

まさか……！

シズクはオーブンで焼いたそれを取り出して、話し方まで僕をまねる。

「食パンを使った本格ピザ！」

僕がさっき作った料理と見た目はまったく同じだった。

「味も美味しい……」

「コピーできるということは記憶力がいいってことなんです。行動のコピーもできます」

そ、そういうもんなのか？

けど確かに今までの行動を見ていてもシズクは本当に賢い。

ダンジョンのことで、急にバイトが行けなくなる可能性はある。

ウチのファミレスは24時間営業だし、今の時間なら暇だから行ってみていろいろ教えてみようか。

明日はともかく、どうしても代わってほしい時があるかもしれない。

「じゃあ、ちょっと見に行くだけでも行ってみる？」

「はい！　ありがとうございます！」

だが、僕はある問題点に気が付いた。

「そういえば、シズクはもう大きいからポケットに入らないな……どうしようか」

「リア様の姿で行ってはダメですか？」

「部外者は入れないところを見せたいんだよね。だからリアじゃ」

それに僕がリアのような金髪美人を連れて行ったら大騒ぎになってしまうだろう。

「つまり隠れられればいいわけですね。そしたら服になるので私を着てください」

な、何だって？

「正確には私がご主人様の体を覆って服に変身します。ご主人様は裸になってもらうだけでいいです」

「そ、そんなことできるんだ。でもかなり太っちゃうんじゃ？」

シズクの体積は服よりもかなり大きい。

「服と体はかなり空間がありますから。その分、密着しますから大丈夫ですよ」

み、密着するのか。何か面白そうだし、とりあえずやってみるか。

その前に……。

「まずリアの姿に変わってくれないかな。自分の姿とくっつくのつらいから」

「あ、はーい」

リアの姿になったシズクとお風呂場に行く。

「じゃあ、裸になってください」

「う、うん……」

なんだか恥ずかしい。リアの姿のシズクが僕に抱きついて体を覆っていく。

すぐに見た目は完全なシャツとジーンズになった。とはいえ、身体中にゼリーが付着している感覚がある。

「あうっちょっ！」

シズクに股間をもぞもぞされた。

「ご、ごめんなさい。この子……なんかかわいくて……つい……」

か、かわいくなくなったらどうする？

「ひゃっ大きくなった！　薄い本に書いてある通りなんですね……さっきはかわいかったのに今はちょっと怖いです……」

だから言わんこっちゃない。

「あ、あの……悪いけど恥ずかしいからおパンツの部分は空洞にしてくれるかな？」

「はい……す、すいません」

うん。スライム服はかなりいいぞ。最初は変な感触でアクシデントもあったけど、慣れれば着心地も悪くない。

「温度もある程度調整できます。エネルギー燃焼による保温、揮発による冷却、程度ですけど」

「程度なんてもんじゃないぞ」

「その分、食事や水分が必要になります」

温度調整をすると食事量が増えるのか。

つまり僕の場合は食費がかさむと考えていいだろう。

「ともかく、引っ越しで2日休んじゃっているし、顔見せだけでもバイト先に行ってみるか」

「はい！」

僕はスライム服を着て外に出た。

「わ、私が仲間たちから聞いていた地上の世界と随分違います」

「あー。実は別の世界なんだよね。それについては後で説明するよ」

「わかりました」

細かい質問をしてくるということもない。賢い証拠だ。

「とりあえず先に覚えてほしいことを言うね」

僕は車を指差す。

「アレは車っていうんだ。馬車みたいなものなんだけどスピードが違う。轢《ひ》かれたら死んでしまうから気をつけてね」

「はい！　薄い本にもありました」

薄い本で出てくる車は、乗り物じゃなくてホテルとして使うような気もするが。

歩道、車道、信号機などを教えながらファミレスに向かう。

「ここが僕の職場だよ」

「わかりました。和室から外に出てご主人様の足で左に20歩、右に123歩、正面の信号を渡り……」

驚いた。距離については歩数だからわからないが、方向については正確だ。

深夜3時なら人もほとんどいないだろう。油を売りにいくにはちょうどいいかもしれない。

「じゃあ店に入るからシズクは服のフリだよ」

「はい！」

バイト先のファミレスのドアを開いた。

店員に来客を伝える電子ベルの音が響く。

「いらっしゃいませー。何だあ、鈴木くんじゃん」

久野さんが出迎えてくれた。

「すいません。休ませてもらっちゃって。明日から出ますから」

「引っ越しだもん。しょうがないでしょ～。ところで例のマンションどうだった？　本当に幽霊出た？」

「い、いや。幽霊なんか出ませんよ」

「何だ～つまんな～い」

女騎士とスライムは出ましたけどね。

久野さんは30歳ぐらいの女性でアルバイトだ。

口が悪く気も強いが、面倒見は良い。

深夜帯は暇で時給が高いという理由で、この時間に入っていることが多い。

「ちょっと明日から入るんで、ロッカーの整理でもしようと思って」

「ほ～感心ねえ。でも鈴木くんってそんなに仕事熱心だったかしら」

「僕は料理好きですよ」

「まあそうね。料理は好きよね」

納得していただけたようだ。

「ところで今日キッチンって誰が入ってます？」

「店長よ。瀬川くんだったんだけど急に用事が入ったとかで。女でしょうね」

なるほど。瀬川さんは女関係で急にバイトを休むときがある。

そのツケは大体可哀想な店長が払うことになっていた。

「ちょっと挨拶《あいさつ》してきますね」

「いってらっしゃい」

久野さんと離れて、ホールからキッチンの店長に話しかける。

「あ、店長。どーもー」

「あー鈴木くん。明日からってか、もう今日から復帰できそう?」

「はい。出したシフト通りで」

「よかったよー。すごい所に引っ越ししたって話だからさ。もう来れないんじゃないかって噂していたんだよね」

いろんな意味で、いつそうなってもおかしくない気がする。

「ははは。そんな……別に普通のマンションですよ」

「へ~普通のマンションが月3万円か。いいねえ~。僕もお金の節約に鈴木くんと住んでいいかなあ。なんちゃって」

ちなみに店長はこのファミレス唯一の社員だ。バイトには頭が上がらない、もとい優しい。

ファミレスのバイトをする前は店長ってのは偉いものだと思っていたが、この店ではバイトの尻拭いをさせられる可哀想な存在だった。

久野さんのほうが立場は上だ。

「けど店長も大変ですね。瀬川さんの代わりに深夜帯に入るなんて。昼間も入ってたんじゃないですか?」

「そうなんだよ。でも瀬川くんは大学生だから。ファミレスのバイトなんかよりも女の子の方が優先だよねえ。辞められる方が困るしねえ」

これはチャンスかもしれない。いい加減な店長のことだ。

「そうだ店長。僕も急に無理言って休んじゃったんで、ちょっと休憩してきたらどうですか?一時間ぐらいキッチンやりますよ」

店長がうれしそうな顔をする。

「ホ、ホント? でも時給は出せないよ」

「いいです。いいです。明日からのカンも取り戻したいんで。ちょっと着替えてきますね」

そう言ってロッカーに行き、シズクに厨房服を見せる。

「これに変身すればいいんですね」

「そそ。さすがだね」

シズクは一瞬で厨房服になった。キッチンに行く。

「じゃ店長休んできてくださいよ」

「そ、そう？　事務仕事もあるから頼んじゃおうかな。さ、30分ぐらいで戻ってくるからね」

店長は押しに弱いから、着替えて来ればそうなると思った。

たぶん、ギリギリ1時間にはならない程度に戻ってくる。

キッチンを去りゆく店長を見ながら、シズクに言った。

「じゃあ、よく出る料理から教えるね。作り方はここに書いてあるんだけど」

まあウチのファミレスは、セントラルキッチンで調理された物を盛り付けることがメインと言ってもいい。加熱もオーブンやＩＨ調理器具がほとんどだ。

だから手順を覚えるだけでいい。

シズクの記憶力を信じて一気に全部教えてしまう。静かに聞いていた。

「どう？」

「はい。全部覚えました」

「そっか。さすがだね。シズクは」

「ご主人様に褒められてうれしいです！」

ふふふ。本当にそうだったらありがたいけど、こんなにごちゃごちゃしたことを一気に覚えられるわけないよ。

そんなことを考えていた時だった。

「鈴木くーん。例の『深夜の若者グループ』が来ちゃった」

「げっ店長は？」

「それがタバコを吸いに行っちゃったのかいないのよねえ。早めにお願いねえ」

『深夜の若者グループ』は別に暴れるわけではないが、多人数で来てとにかく早く注文を持って来いと言ってくる。

「無給で対応したい客じゃないけど、自分で言ったんだからしょうがないか」

「私やります！」

え？　厨房服、いやシズクから元気のいい声が聞こえる。

そう思ったのと同時に体が勝手に動き出した。

「ちょちょちょちょっ」

「ご主人様は見ていてください」

体にフィットしたシズクが僕を動かす。

何をするのかと思ったら注文通りに料理を始めた。

「マ、マジか。すべての料理が的確に作られていく」

「エヘヘヘ」

本当にあの1回とマニュアルで覚えたらしい。

すべて任せていいと思った時だった。

「あ、そのグラタンをオーブンに入れるのちょっと待って」

「す、すいません。間違ってましたか？」

「んーん。正しいよ。けどチーズをもう2つまみ足して、オーブンの時間を10秒増やそう」

「チーズの分量もオーブンの時間もマニュアル通りかと思いますけど」

「あの客はいつもグラタンを頼んでくれるんだ。焦げているチーズが好きなんだって。ちょっと増やせば彼にとって美味しくなって、毎回来てくれるなら裁量の範囲だよ」

「わかりました！　ご主人様ってやっぱり優しいんですね」

「そうかなあ？」

「はい！　すてきです！」

◆◆◆

結局、帰ってきたのは5時だった。

お風呂場でシズクを脱ぐ、というか分離する。

「明日、ってもう今日か……バイトが8時～15時にあるっていうのに。昨日もあんまり寝てないしな」

「やっぱり、ご主人様は家でリア様と遊んでいてくだされば……」

「そういうわけにはいかないよ。やっぱり仕事は僕が行かなくちゃ」

ともかく早く寝ようと思い、リアが寝ているベッドにそっと入った。

スライム形態のシズクがツツツとやってくる。

「私も一緒に寝ていいですか？」

「うん。いいよ。リアに見つからないようにね」

シズクはプルプルと震えて喜びを表した後にベッドに入ってくる。

「はい。ご主人様のベッドの中……暖かくてとっても気持ちいいです」

「え？」

「ダンジョンの石壁は冷たかったですから。私、ダンジョンの奥から上がってきてご主人様に会えて本当に良かったです」

「そっか。良かったね」

「はい！」

シズクのそんな話を聞きながら、僕はだんだん深い眠りに誘《いざな》われていった。

◆◆◆

シズクが僕にご飯を作ってくれている。

次々に美味しそうな料理が出来上がっていくのだが、こんな量は食べられない。

ハンバーグ、ビーフシチュー、エビフライ、グラタン、何だかウチのファミレスにあるようなメニューだなあ。

スクール水着を着たリアがあーんで食べさせてくれる。うーん夢のようだ。ってかコレって夢じゃないの？　明晰夢ってやつかも。

だいたい……今日はバイトに行く日だ……。

——ジリリリリリリリリリ
「あーうるさい」

古典的な目覚まし音にしてあるスマホのアラーム機能を止める。アラーム機能にはメッセージが書かれていた。変だな。僕はあまり使わない機能だ。

「ご主人様は寝ていてくださいだって？　寝るよ。まだ10時だろ？　……10時？」

今日のバイトは8時~15時だぞ？　アラームも7時に設定したはずなのに。……まさかシズクかっ！

僕の代わりにファミレスに行ったんじゃないだろうな⁉

大丈夫だ……異世界人は１人では日本に出られないはずだ。

「ん？　でもシズクはスライムだから体を伸ばすこともできるよな。体の一部を細長くして僕にタッチしながら外に出れば……」

ベッドから跳ね起きる。リビングにリアがいて、話しかけてきた。

「トール様、体調大丈夫なんですか？」

「えぇ？　体調？」

「数時間前に起きられて、体調が悪いから二度寝するって。もう大丈夫なんですか？」

リアに心配そうに聞かれた。それは僕の姿になったシズクだよ。

「もう治りました！」

「そ、そうですか？」

そう言いながらおにぎりを４つ握る。

そのウチの１つを食べながらリアに言った。

「リアは朝ごはん食べましたか？」

「トール様がサンドイッチを作ってくださったじゃないですか？」

「そ、そうでしたっけ？」

サンドイッチはファミレスのメニューにもある。材料は足りないけど、シズクは近いものを作ったんだろう。

コピー能力だけじゃなくて応用力もかなりあるぞ。

「ちょっと賢者の賢人会議があるから転移魔法で出かけてきます。悪いけどお昼はおにぎりって言うんですけど、これを食べてください」

「は、はい」

洗面所で出かける準備をする。

「行ってきます！」

一瞬、玄関からダンジョンに出そうになるが、靴を取って窓から出る。

日差しは完全にお昼だった。

バイト先に走る。時間はもう10時30分だった。

この時間まで職場からスマホに電話がないということは、シズクはバレてはいないのか？

わからない。

バイト先にたどり着いた。そのまま店内に入ろうとしたところで気付く。

「待てよ！　僕が2人登場したら大騒ぎになっちゃうじゃないか！」

とりあえず、店内が見えるガラス窓から中の様子を見る。

「店内に大きな混乱は起きていないな。キッチンまではよく見えないけど、お客さんには普通に料理が運ばれているし……」

帰ってもいいのか？　職場や僕の立場をめちゃくちゃにされたということはないのかもしれない。

けど……特別、代わってもらわないといけないとかならしょうがないけど、人間を信じてくれたスライムを働かせるってのはやっぱないよな。

「よし！」

◆　◆　◆

「いらっしゃい……ませ〜」

そう言えば、今日は土曜日だった。

女子高生の立石さんがバイトに入っていることで思い出す。

挨拶は途中から引きつっていた。

そりゃそうだろう。今、僕は１００円ショップで買った大きなサングラスとマスク、帽子をかぶっている。

「お、お一人様ですか?」

女子高生なのにキャピキャピしたところのないクールビューティーの立石さんも僕の怪しさに引きつっていた。

ごめん、立石さん。

「はい。1人です」

「で、ではこちらにどうぞ」

明らかに一番端に座らされた。まあこちらとしても都合がいい。

席についたと同時に注文した。

「ミックスグリルセットお願いします」

「かしこまりました」

しばらくしてミックスグリルセットが出てきた。

ハンバーグ、照り焼きチキン、ウインナーが鉄板に載って出てくる。付け合わせの野菜も綺麗に盛り付けてある。

「本当に綺麗に盛り付けてある」

僕はそれを少しだけ食べてから店員の呼び出しボタンを押した。

まだお昼のピークタイムにはなっていない。

すぐに立石さんが来た。

「お待たせいたしました。ご用件は？」

「これすごく美味しいです」

「え？　あ、ありがとうございます」

ここまではたまにいるありがたいような迷惑な客だが、僕が目的を果たすにはさらに限界を超えねばならない。

「シェフを……シェフを呼んでください」

「え……シェフですか？」

明らかに「ここはファミレスですよ」という顔をしている。

だがどんな顔をされようとも力技で押し切るしかない！

「とても美味しかったんでお礼を言いたいんですうぅぅ！　シェフをおおおお！」

「は、はははい。呼んできます」

おそらく1カ月、いや3カ月は『ファミレスでシェフを呼んだ客』として職場の話題をかっさらうことになるだろう。

キッチンからニコニコ顔の僕が出てきた。

もちろん正体は「料理が美味しかったからお礼を言いたいっていう客が……」という伝言を

額面通りに受け取ったシズクだ。

他の人が出てきたらアウトだったが助かった。

「お待たせしました……ご主人様？」

白スライムのシズクには、サングラスにマスク、帽子姿でもすぐに僕とわかったらしい。

「このミックスグリル美味しかったよ。僕なんか3カ月ぐらいはメニューを作ることだけに必死だったけど、これはお客さんのことを思って作られている」

「あ、ありがとうございます！」

「トイレの個室にいるから」

「え？　でも」

シズクが何か言う前に僕はトイレに行った。

しばらくしてシズクがやってくる。

二人で個室に入る。

「もう！　シズク！　何やってんのさ」

「す、すいません……でも皆さんにはバレてませんよ」

「そうじゃなくてさ。まあ後は僕がバイトするから」

「ひょっとしてご迷惑でしたか？」

「そんなことないよ。ともかく代わろう」

僕はなるべく笑顔でシズクに言う。僕のためにやってくれたことだ。

サングラスとマスク、帽子を渡した。

「僕は先に出るけど、シズクはちょっとしてから個室を出てね。残ったミックスグリルセットはシズクが食べちゃって。先に帰ってリアの相手をしてよ」

ミックスグリルセットの代金の１２００円も渡しておく。

「あう……すいません……」

「じゃ、お願いね」

僕は厨房に向かった。

◆◆◆

バイトを終えて帰宅する。

「あー疲れた。でも妙に僕の評判が上がっていた気がする。いつも冷たい感じの立石さんすら優しかったし」

シズクが何かしたのだろうか？　聞くのが怖い。

幽霊物件に来たいって言われたし。どう断るべきか。

そのマンションが見えてきた。

「よく考えると、今部屋に入ったら僕が2人になってしまうぞ」

まありアならシズクのことがバレても仕方ないかと窓から和室をのぞく。

和室には誰もいなかった。

畳を踏んだらフニャッとした。

「うわっ」

僕が悲鳴を上げると、和室の引き戸がパシーンと開いてリアが現れた。

「あ、トール様。こんな所に隠れていたんですか？」

なるほど。シズクは畳に変身しているのか。

僕が2人にならないように、帰る時間を見計らって隠れていたようだ。

踏まれたのはわざとでそれを教えるためだろう。

「あははは。ごめんごめん！」

「トール様って本当に消えるのが得意ですよね」

どうやらシズクは背景に変身してリアと遊んでいたらしい。

僕が部屋に帰るための布石だったのかもしれない。

「もう！　私、甲冑を磨いてきますね！」

リアは日課の甲冑磨きをしにリビングに行った。

畳に変化しているシズクが僕に小声で話しかけてきた。

「ご主人様、ごめんなさい。私、勝手なことしてご迷惑かけちゃいましたか？」

「いや、いいんだよ。でも、どうしても必要なときにはこっちから頼むから。もういいからね」

「はい。でもどうしてなのですか？　仲間たちに聞きました。人間は私たちを働かせるって。食費もかかっているのに」

僕もシズクの身の上話を聞いていなかったらそうしていたかもしれない。

でも人間を信じなくなった白スライムの中で、たった1匹シズクだけが人間を信じてくれているんだ。

「シズク。僕の仕事は僕がするよ。シズクには他のことをお願いするからさ」

「ご主人様」

僕の良心の半分はおばあちゃんでできています。

「皆もご主人様をご主人様にすればいいのに！」

「え？」

皆って、ひょっとして白スライムの仲間たちか。

「皆、地下深くの過酷な環境で生きているんです。ご主人様が皆のご主人様になってくれれば……」

「ぼ、僕1人でそんなにたくさんの白スライムの面倒はみられないよ」

「そうですか……残念です」

残念がられてしまった。

でも、そんな奥まで行くかどうかはわからないが、ダンジョンの探索はするつもりだ。

何とかシズクの仲間たちも地上で楽しく暮らせるようになるといいんだけどな。

リアを見ていると、異世界の人だって悪い人ばかりではないと思う。

きっと白スライムを悪用する人ばかりじゃないはずだ。

僕はこの日もリアと一緒のベッドに入った。

リアが寝るとシズクも後からベッドに入ってくるのだった。

6　エルフの女魔法使いに出会った件

ポケットのスマホのバイブレーション機能が、僕に起きるべき時を告げた。

といっても外はまだ暗い。午前3時だ。

僕の腕に絡みつくリアの腕をそっと外す。

腕を外しても彼女は完全に眠っていた。

出かけようとベッドから身を起こそうとすると、耳元に声をかけられた。

「ご主人様どこに行くんですか？」

急な声にビクッとする。

「シズクか……」

ここのところリアと一緒にベッドで寝ているけど、シズクが僕の部屋に住むようになってからはさらに彼女（？）も一緒に寝ることとなった。

まあ、寝始めるとシーツや掛け布団に擬態するので、存在に気が付くことはない。

「ちょっとダンジョンに行ってこようかと思ってさ」

僕はリアルレベル上げがしたくてたまらないのだ。

「気を付けてくださいね」

「とりあえず、鉄の扉は閉めてあるから大丈夫だよ。そんなことよりさ」

「そんなことより？」

「帰ってくるまででいいから、僕になってベッドに寝ていてよ」

「はい！　リア様がもし起きた時に心配させないためですね」

「そそ」

シズクはすぐに僕の姿になってくれた。

「行ってくるね」

「行ってらっしゃい」

僕は玄関の棚の上のヘッドライト付きヘルメットをかぶり、ピッケルを手に持って玄関のドアを開けた。

「……何だこれ」

密室のはずの玄関前の大部屋がスライムだらけになっていた。僕はすぐに玄関のドアを閉める。

そういえば水色スライムをタッパーに入れて放置しっぱなしだった。あれが大きくなってタッパーを破って増えたのかも。あるいはもともと小さいスライムがいっぱい入り込んでいたとか。

どちらにしろ、まずは水色スライム退治から始めないといけないようだ。

ドアを開けてピッケルを振り回す。

次々にスライムがプルンと四散していった。水色スライムの動きは遅い。

もう十匹は倒したが、油断してはならない。

小さいスライムの時でさえ、かまれたらかなり痛かった。この大きさのスライムにかまれれば、出血は免れないだろう。

「はぁはぁっ。よし全部倒したかな？　レベルも上がった気がする。ん？　ちょっと待てよ。ああああああ」

よく考えたら、全部倒しちゃったらもう経験値稼ぎができないじゃないか。

せっかくスライムの養殖に成功しかけたのに。

まあいい。今のステータスを確認しよう。

【名　前】鈴木透《スズキトオル》
【種　族】人間
【年　齢】21

【職　業】無職
【レベル】3／∞
【体　力】22／22
【魔　力】33／33
【攻撃力】116
【防御力】44
【筋　力】12
【知　力】21
【敏　捷】14
【スキル】成長限界なし

いいぞいいぞ。順調に強くなっている。

よ〜し、もっともっとレベル上げをするぞ〜。

しかし、どれだけ探してもスライムはいなかった。

「いないな〜。全部やっつけてしまったんだろうか……」

やはりあの鉄の扉を開けて、新しいモンスターを入れるしかないのだろうか。扉は分厚い鋼鉄製のようで覗き穴すらない。

石のボタンを押すと、扉がゴゴゴと上がっていき、もう一度押すと扉が下がっていくという仕組みらしい。

リアはこのボタンを見つけて、少しでもモンスターに襲われる確率を減らすために扉を閉めた。

このダンジョンには扉を閉めれば安全を確保できるこのような部屋があって、冒険者はそこでキャンプを張ったりするらしい。

もっとも部屋の中にもトラップがあったり、スライムが増殖していたり、長居してしまって水や食料が切れたりと、危険はいくらでもあるとのことだ。

リアは扉を閉めたところで、マヒ毒が全身に回って倒れた。

だが幸いにもそこは僕の部屋につながっている以外は密室で、モンスターはまだ小さなスライムしかいなかったのだ。

「つまり僕のレベル上げに貢献してくれるスライムはもういないかもしれない。この鉄の扉を開けない限り……」

どうする。開けるか？　危険かもしれないという気持ちよりも、レベルを上げたいという気持ちが勝った。

「そうだ！　鉄の扉は下から上に上がっていくそうだから、開き始めたら下から覗いて強そうなモンスターがいたら、またすぐに石のボタンを押せばいい。そうすれば上がっていく扉も、またすぐに下がって閉じるだろう」

安全マージンは確保できそうだったので、石のボタンを押す。

下から覗いて、とりあえずモンスターがいないか確認するつもりだ。

ゴゴゴゴと音を立てて鉄の扉が上がっていく。

「え？　何これ？」

僕はまたすぐボタンを押した。

鉄の扉の向こうは、またすぐに石壁だったのだ。

鉄の扉は何ごともなかったようにまた閉まった。

「ど、どういうことだ？　リアはここから来たって言っていたし、嘘なんかつかないと思うけどな」

そういえば、似たような状況を思いだした。

リアを部屋の窓から出そうとしたら、石壁が見えて日本の外に出られなかったことがあったけど……もしかして、それと同じなのか。

もう一度調べてみたいが危険だろうか？

迷ったが、やってみることにした。

扉の上下は結構ゆっくりなので、先ほど膝上ぐらいの隙間しか開かなかった。膝上の隙間なら、仮にモンスターがいてもそれほど強力なものは入ってこれないだろう。

ボタンを押す。扉が少しずつ上がる。

僕は素早く鉄の扉の向こうにある石壁を調べた。

映像だけで先に進めるかもと思ったが、本物の石壁だった。

「くそ。やっぱりリアの時と同じだ。きっと向こうからはパントマイムでもやっているように見えるんだろうな」

ピッケルで石壁を軽く叩く。その時だった。少し離れた所から何かが追ってくるような音が聞こえた。

「ヤバイ！　モンスターだ！」

僕はモンスターが来たと思い、慌てて扉を閉めるためにボタンを押そうとした。

ところが、モンスターかと思ったそれは、リアと同じ不思議なテレパシー言語で叫んできた。

「どいて！」

人間⁉と思った時には石壁から白い足がぬっと出てきて、僕は蹴り飛ばされていた。

何事かと思って辺りを確認すると、黒いとんがり帽子、黒いマント、木の杖といった女性がスライディングで入ってきたようだ。

見るからに女魔法使いだ。

どうやらこの女性の足に蹴られたらしい。

女魔法使いさんは片膝をついて、鉄の扉の方向を睨《にら》んでいた。

どうも体調が良くないようだ。それもものすごく。

顔色も悪く、口の端から赤いものが流れている。ひょっとして血⁉

「早く扉を閉めて！　オオムカデが来る！」

オオムカデ？　はっと気がつく。間違いない！　今度こそモンスターのことだ！

素早く立ち上がって石のボタンを押した。鉄の扉が下に降りていく。間に合うか。

鉄の扉はゆっくりと閉まっていく。切羽詰まった状況での鉄の扉の遅さにイラつく。

それでも隙間はもう膝下ぐらいしかない。大丈夫かと思った時にそれは顔を出した。

オオムカデは平べったかったが、体の幅は電柱ほどもあり、１ｍぐらい鉄の扉をくぐっても、
全長はまだ奥に長そうだった。

こんなん絶対に勝てないと思ったが、鉄の扉が閉まりきろうとしてオオムカデの体を捕えた。

うまい具合に胴体を扉と石床で挟み込んだのだ。

閉まろうとする鉄の扉の力は強いようで、ムカデは悶《もだ》え苦しんでいる。

「やった！　マグレだけど！」

僕が喜んでいると、女魔法使いさんが叫んだ。

「コイツはこの程度じゃ死なない。離れて！　インフェルノ！」

鉄の扉に胴体を押しつぶされそうなオオムカデが業火に包まれた。

そしてすぐに黒焦げになっていく。

あると思っていたけど、これが魔法かよ。すげえ……。

それでもオオムカデは明らかに弱って黒焦げの体を丸めながら、まだギャーギャーと気色の悪い悲鳴をあげていた。

体調の悪い女魔法使いさんの火炎魔法は、万全ではなかったかもしれない。

ピッケルを取り出して頭部を叩く。

「こんにゃろ！　こんにゃろ！」

万が一、こんなモンスターがまた元気になられてしまったら危険過ぎる。

完全に動かなくなるまで頭を叩き潰した。

急に体から力が湧いてくる。そんなことはすっかり頭から消え去っていたが、オオムカデを倒して目的のレベルアップを果たしたらしい。

つまりオオムカデは死んだのだ。

レベルが上がったことはうれしかったし、ステータスチェックもしたかったが、喜んでいられる状況でもなかった。

例の魔法を放った女魔法使いさんは、さっき口から血が流れていた。

ステータスチェックなんかしている場合じゃない。

僕は女魔法使いさんの体調を見るために、後ろを振り向いた。

振り向くと、案の定というかうつ伏せで女性は倒れていた。

「だ、大丈夫ですか？」

女魔法使いさんを仰向けにして、呼びかける。

「……オオムカデなんかの毒にやられちゃったわ」

「毒？　マヒ毒ですか？」

「オオムカデの毒はマヒ毒じゃないわ……死ぬ毒よ。もしアナタが高レベルの解毒魔法とかできるなら、私すごく助かるんだけど」

もちろん僕は、解毒魔法なんてできない。

できないことが顔に出ていたらしい。女魔法使いさんは笑う。

「さっきの荒っぽい戦いぶりからして、解毒魔法なんてできないよね。あ～あ……さみしい人生だったな……」

女魔法使いさんは悲しげにつぶやくと、もう話す力もなくなったようだ。

目を固く閉じて脂汗を流しながら、つらそうに小さなうめき声をあげるだけだった。

即効性の毒なのかもしれない。早く何とかしなければ。

でも魔法なんかできない日本人の僕に、何ができる？　日本人!?　そうだ！

「ひょっとしてコーラなら！」

念のためにリュックサックに入れておいたコーラを、急いで取り出す。

コーラはマヒする毒には効いた。オオムカデの死ぬ毒にも効くかもしれない。

「早くこれを飲んでください！」

呼びかけても反応はない。

ペットボトルのキャップを回して、飲み口からコーラを女魔法使いさんの口に流しこんだが、そのまま流れ出るばかりだった。

「だめだ。飲み込む体力がないのかもしれない。それならっ！」

僕は自分の口にコーラを目一杯含んで、魔法使いさんの口元を見た。

こうなったら口移しで彼女の口にコーラを押しこむしかない。

気道に入る可能性があるかもしれないし、コーラは死ぬような毒には効かないかもしれない。

だが、何もしなかったら、確実に死んでしまうと思う。

戸惑っている場合じゃない。

僕にとって生まれてから初めての口と口の粘膜を合わせる行為は、女魔法使いさんの血の味がした。

何とか彼女の胃の中にコーラを流し込むことができたようだ。

「ごほっごほっ。嘘……体が楽に……」

女魔法使いさんがしゃべる。どうやら少しだけ回復したようだ。

「万能薬を飲んでもらいました。さあもっと飲んで」

コーラが本当に万能薬かどうかなんて知らない。

でもこういう時は自信満々に言うに限る。現に効いたのだ。

自信満々に言ったからか、女魔法使いさんは少しだけ躊躇いながらも全部飲み干してくれた。

「……本当にこの黒い水で毒は抜けたみたいね。薬みたいな変な味。って薬なのか。甘いのに刺激もあるし……でも、こんなによく効く解毒薬なんて聞いたこともないわ」

女魔法使いさんはヨロヨロと立ち上がった。

立てても足元はおぼつかない。

「よかった。でも毒が抜けても体の損傷は残っていると思います。近くに安全に休めるところがありますから行きましょう」

僕がそう言っても女魔法使いさんは疑わしそうな目で僕を見るだけだった。

そりゃそうか。ジャージにヘッドライト付きのヘルメット、ピッケルなんて装備、ダンジョン側の世界の人は見たことがないだろう。

だが、彼女が口にしたことは全く別のことだった。

「もし私を襲うつもりならここでして」

「へ？　どういう意味ですか？」

「仲間と集団でされるよりもアナタ1人にされたほうがいいわ。アナタもそっちの方がいいんじゃない？」

「な、何の話ですか？」

「もう食料も大したアイテムもないし、一番はそれ目当てなんでしょ？」

女魔法使いさんは黒いマントからチラリと太ももを出した。

どうやらマントの下は黒革のレオタードだった。

太ももが異様に艶めかしい。

ダンジョン側の世界の人は太ももを出す習慣でもあるんだろうか。素晴らしい習慣です。

しかし……オオムカデに襲われたり、毒で死にそうになったりで、彼女のことをよく見ている暇がなかったが、この女魔法使いさんもめちゃくちゃ美人だぞ。

リアも美人だけど、彼女にはかわいらしさがある。

この魔法使いさんはちょっとキツイ感じもあるが、完全な美だった。

先ほど奪った艶っぽい唇が何とも言えない。

そういえば僕はこの人と、人生で初キッスをしてしまったことを思い出す。

僕は両膝と両腕を大地につけた。

「あああ、初めてはもっと普通にちゅーしたかったよ。いやいやいや、リア、おばあちゃん、違うんです。ってかリアは関係ないか。アレは違うんだ！」

自分で自分に対して訳のわからない言い訳をしていると、女魔法使いさんがポカンとした顔をしながら言った。

「アレは違う？　さっきの口移しのこと？　そんなことぐらい……」

僕はドキリッとする。

やばい……あの時、意識あったのか、この人。

「す、すいません。アレは毒を解毒するために」

「えっ？　えぇ？　ちょっと何言っているの？　アナタ私を襲うのに死んでいたらつまらないから助けたんじゃないの？」

「襲うって？」

女魔法使いさんは少し赤い顔をして言った。

「アナタ、地上では生きられないお尋ね者みたいな人じゃないの？　こんな深い階層に住んでいる人は珍しいけど」

「な、何言っているんですか！　違いますよ」

「じゃあ何なのよ？　そんなおかしな格好で！」

仕方ない。ここで悪人だと思われるとまたややこしいことになる。

この人も体のために早く休んだ方がいいだろう。

「ぼ、ぼぼぼ僕は世俗の生き方が嫌になってダンジョンに身を隠した賢者で……」

リアが勝手に誤解してくれた理屈を使う。

女魔法使いさんはしばらく疑いの目でこちらを見ていたが、結局は信用してくれたようだ。

腕を出して言った。

「何ですか。この腕」

「安全に休めるところに連れってってくれるんでしょ？　まだ歩けないから肩を貸して」

「ああ、はい」

部屋に向かって2人で歩き始める。

女魔法使いさんが小さな声でつぶやいた。

「あの……さっきはありがとね。命を救ってくれたのに変なことを言って」

「ああ、いいんですよ。別に。おばあちゃんが困ったときはお互い様だって」

「あなたって本当に良い人なのね。私なんか一対一の方が楽って計算していたのに……」

「楽って何が?」

さっきからこの女魔法使いさんは言っていることがイマイチわからない。

「……やられるにしろ……殺《や》るにしろね」

「よくわからないけど、ともかく安全な場所に連れていきますよ」

「うん。アナタだったらそれ目的でも……もういいわ……」

女魔法使いさんが、笑いながら僕に急に全体重を預けてきた。

「だ、大丈夫ですか?」

「ごめん。お陰で毒は治ったみたいなんだけど、結構つらくて限界だったの。私のこと全部任せるから、どこでも好きなところに連れてって」

相変わらず、女魔法使いさんは言っていることがイマイチわからない。

だが、幸いなことに【筋力】が上がるチーカマを食べたからか、レベルが上がったからか、それほど重くはない。

むしろ余裕がありすぎて緊張している。

頭と頭をくっつけあって進んでいるんだけど、何て美人なんだ。

彼女の胸元には光るブローチがあって、それが洞窟を照らすようだ。

ヘッドライトとは違って指向性がなく、全体が明るいので胸元もよく見える。

そこには、黒革の服をはち切らんとするばかりのバインバインの男の夢が詰まっていた。

「もう……後でいくらでも見ていいから……早くそこに連れていってよ……」

「あ、す、すすすすいません。もうすぐです。ほらあそこに変なドアがあるでしょう？」

僕が玄関の石壁を指差すと、女魔法使いさんが怪訝《けげん》な顔をした。

「え？」

「どうしました？」

「変なドアって石壁しかないじゃない」

「何だって？」

「ちょっと！　アナタ本当はやっぱり盗賊なの!?　やっぱりさっきのなし！　離して！」

女魔法使いさんは何やら力なく暴れていたが、こちらもそれどころではなかった。

強引にドアの前に連れていく。

「これが石壁に？」

「どう見たってそうとしか見えないじゃない！」

ドアを開ける。マンションの部屋の中が見えた。

「まだ？　石壁？」

「だからそう言って……」

僕は彼女を抱えながら強引に部屋に入る。

「な、何するの。わわわわわ。石に吸い込まれ……ってアレ？？？」

女魔法使いさんは目を見開いて部屋内を見ている。

なるほど。そういう仕組みなのか。

リアの時は彼女が気絶してたからわからなかったけど、どうやらこの部屋に入る時もダンジョン側の世界の人は玄関が石壁に見えるらしい。

でも今、女魔法使いさんと一緒になら部屋に入ることができた。

ということは、リアも部屋の窓から日本に出たり、僕が鉄の扉の向こうにある石壁の先のダンジョンに行ったり、できるんじゃないか？　そしてその方法はおそらく、それぞれの他の世界の人に触れながら、だ。

「ど、どうなっているの？　ここはどこなの？」

まあ検証は後だ。

「ご主人様、おかえりなさ～い。その方はどなたですか？」

「こ、この子、ひょっとして白スライムじゃないの⁉」

女魔法使いさんがシズクを見てビックリしている。そういえば、白スライムは珍しいモンスターなんだっけ?

「はい! 白スライムのシズクです!」

「ど、どうも」

シズクが女魔法使いさんに挨拶をする。僕はシズクにも彼女のことを教えてあげた。

「毒で倒れそうになっていた女魔法使いさんだよ。まだ毒が抜け切れてないみたいなんだ」

「まあ大変!」

シズクも心配している。とにかく女魔法使いさんは安静にした方がいいと思う。

本当はベッドを使わせてあげたいが、リアが寝ている。

「じゃあこっちの部屋に」

「あ、ありがとう……」

ヘッドライトを消して女魔法使いさんのブローチの光だけにする。

女魔法使いさんをほとんど抱えるように和室に運んで横にする。

一番大きなバスタオルを掛け布団代わりにかけて、クッションを頭の下に枕代わりに置いてあげた。

しゃがんで手を彼女の額に置く。熱はないようだ。シズクも心配そうに付き添った。

「気分はどうですか?」

「大丈夫よ。すっごく驚いているけど……見たこともない部屋といい、白スライムといい……」

そりゃそうだろう。ダンジョンにこんな訳のわからない場所があるなんて思わないだろう。

こっちも日本のマンションにダンジョンがあるとは思わなかったが。

「アナタ、本当に賢者様なの?」

「い、いや。あのその……」

さっきはこの人の体のために嘘をついたが、とりあえずその必要はなさそうだ。

リアは勝手に誤解してくれているようなものだが、本当に賢者かと聞かれると返答に困る。

「まあアナタが賢者かどうかなんて、もうどうでもいいか……ふふふ」

「あ、そうですか。そりゃ助かります」

助かった。大ざっぱな人らしい。少し安心すると、彼女は黒いとんがり帽子とマントをゆっくりと外した。

「うふふ。あなたに興味が湧いてきちゃった」

黒革の水着みたいな服装が顕《あらわ》になって目のやりどころに困る。

安心したのもつかの間、僕は恥ずかしくなって顔をそらした。

「わかっていたけどウブなのね。あんなの着ていたら私と寝にくいでしょ」

ああ、そりゃそうだ。確かに寝にくいだろう。まだ体調も万全ではないだろうし、寝て体力を回復させた方がいい。

また安心して女魔法使いさんの様子を見る。

あくまで治療行為のためだ。

あ、あれ？　よく見ると女魔法使いさん、耳が尖っていらっしゃるぞ。

「え？　え？　女魔法使いさんってひょっとしてエルフ？」

「そうよ？　ハイエルフだけどね。気がついてなかったの？　人間の男は皆、お好きでしょう？　さあ、いらして」

僕が驚いていると、女魔法使いさんは僕の首に両腕を絡ませて自分の体に引き込んだ。

「ちょっちょっと！　何するんですか！」

「どうも私の誤解だったみたいだけど、命を助けてくれたお礼にもらっといて」

もらっといてって、何を？

よくわからないが、エルフの女魔法使いさんはとにかく美人で色気がある。

リアが隣の部屋で寝ているのに、誤解のまま重大な何かが進みそうになっていた。

女魔法使いさんは下から僕に抱きついたままくるっと転がって、いつの間にか自分が下にされていた。黒革の服の上からとはいえ、めっちゃ大きいバインバインが僕の顔を圧迫してくる。

「えええええ⁉　コレってどういう状況なのよ⁉」

「嫌、なの？」

「嫌じゃないけど意味がわからないです！　シズクも見てるし！」

ところが、シズクは近くで楽しそうにプルプルしていた。

「ひょっとしてお2人は薄い本みたいなことをするんですか？　シズクは見ていますのでお構いなく！」

「ええええええ⁉」

シズクがプルプルしている横で僕と女魔法使いさんが暴れていると、急に和室の引き戸がパーンと開く。

「トール様？　どこに行っていたんですかぁ！　急にいなくなったから私《わたくし》心配して心配して！」

リアは泣いていた。そういえば、リアと一緒に寝ていたシズクはここに……もう床か壁かに溶け込んでいた。

リアと女魔法使いさんは「「え？」」と目を丸く見開いて顔を見合わせている。

「あ、あぁ、紹介するよ。２人ともダンジョンで倒れていたんだけど……」

僕がそう言った瞬間、女魔法使いさんはキリッとリアを見る。

な、何で？

「お節介騎士のアリア？　何でここにいるのよ！」

へ？　女魔法使いさんはリアのことを知っているの？

「独り魔法使いのディートさん!?　トール様に何をするんですか！」

リアも女魔法使いさんに声をあげた。っていうか、ディートさんって名前なのだろうか？

僕は危うく、名前も知らない人ととんでもない状況になりかけていた。

「あ、あれ？　お２人とも知り合いなの？」

◆◆◆

そろそろ夜が明けるころ、引っ越ししたばかりの僕のリビングのテーブルは会議の場になっていた。

「まあ、お２人が迷宮都市にある冒険者ギルドの会員で……何というかその……あんまり仲が良くないってことはわかったよ」

どうやら2人は知り合いらしいのだが、迷宮を探索するスタイルだかポリシーだかに致命的な違いがあって、口も利かない関係のようだ。

現に今も向かい合わせの椅子に座っているのに顔を合わせようともしない。

「でもさ。今は2人ともダンジョンで倒れて、こうして一緒にいるわけだし仲良くしようよ。ともかくもう寝ましょう。2人ともまだ休んだ方がいいですよ」

リアが口を開いた。女魔法……ディートさんに不満を言いたいらしい。

「トール様がそう言われるなら私は仲良くするのも構いませんけど、ディートさんがトール様に何か変なことを！」

しかし、口はディートさんの方が上手だ。

「あら別に変なことなんかしてないわよ。私たちエルフはあんまりしないけど、人間同士はよくしていることじゃない？　大賢者様とアナタはまだなの？」

「●×※▲■！　▼◯◆×！」

リアは意味をなさない声で反論している。

これに類似した2人のやり取りを何度見たことか。話は堂々巡りだった。もう無視して進めることにする。

「女魔法……じゃなくてディートさんが一番体にダメージあるだろうから、1人でベッドを使っていいですよ。僕とリアは畳で寝るからさあ」

「それいい！　それがいいです！」

僕の提案にリアは満面の笑みで同意した。

しかし、ディートさんはそれに反対する。

「リア！　駄目よ！　そんなの！」

「どうして？」

「一番良い寝床を大賢者様から奪うわけにはいかないでしょ。アナタそれでも騎士なの？　大賢者様はベッドで寝ていただいて、私たち2人はあの畳というところで寝ましょう」

ディートさんは騎士のリアにとって一番痛いだろうところを突いてきた。

リアは半べそになってぐうの音も出ない。リアと寝たかった僕も半べそだった。


僕はヘトヘトになって真っ暗にしたベッドに横たわっていた。

あれから大分経っている。きっと隣の和室では、もうリアとディートさんは寝ていることだろう。

「あー疲れた……」

疲れきってはいるが、なかなか眠れない。

そりゃそうだ。引っ越してたった数日で、見たこともないような美少女と美女が僕の部屋に泊まっているのだ。

しかも女魔法使いのディートさんはエルフだった。エルフだぞ、エルフ！

ゲーマーの憧れじゃないか！　しかもちょっとエロフっぽいし！

「もらってくれって言っていたのは何だったんだ。ひょっとして……ディートさんの……いやいや、そんなバカな……」

この歳になれば、自分というものがわかる。

おばあちゃんが透は格好良いねと言ってくれたのは、世間一般のイケメンではなく身内の贔《ひ》屓目《いきめ》だっていうことぐらいはわかるよ。

実際にモテたことなんてないし。

「リアにちょっとだけ好かれている気がするのも、恋愛感情じゃなくて大賢者と誤解していることによる尊敬だろうしな。悲しい……寝よう」

ふて寝して忘れるに限る。仰向けから横向きに寝そべる体勢になった。

ところがベッドで横向きになると、誰かが自分の方を向いて横になっていることに気が付く。

「!!!」

大きな悲鳴を上げそうになると口を手でふさがれた。

「しっお静かに。大賢者様」

ディートさんだった。さすがに驚かされたので、不満を言いたくなった。

「ディートさん。何ですか！　僕は1人で寝るって話になったでしょう？」

「え～だって～。何をもらってほしいのか気になるでしょっ？　大賢者様の想像通りのものだと思うわよ？」

げえええええ！　さっきの独り言を聞かれていたのかよ⁉

いつからいたんだこの人。

ディートさんは熱い吐息を吐きながら、柔らかい手で僕の胸を弄《まさぐ》る。

この人は暗闇の中の声だけでも色気を発散できるらしい。

「ちょっちょっと！　いい加減にしてくださいよ！　怒りますよ！」

「し～～ごめんごめん。あの子が起きちゃうわ。本当はちょっと2人で話そうと思って来たの」

「話？　何の話ですか？」

「トール様、アナタ大賢者じゃないでしょ？　そう独り言でつぶやいていたし」

うぅっ……バレたか。ってか、本当は大賢者じゃないってつぶやいたしな。

超美人が熱い吐息を吐きかけながら体を触る手が徐々に下に降りてくるからか、大賢者でないことがバレそうだからなのかはわからないが、ドキドキと心音が鳴る。

しかし、考えれば人を騙すのは良くないことだ。先ほどディートさんに嘘をついたのは部屋で休んでもらうためだった。もうその必要もない。

僕は自分の体を触る彼女の手をつかんで言った。

「ごめん。大賢者じゃないよ」

僕が素直に本当のことを言うと、彼女も真面目な声で言った。

内容はそうでもなかったが。

「へぇ～トオル様ってかわいいだけじゃなくて男前なのね」

「からかわないでくださいよ」

「本当にそう思っているのに……そうじゃなきゃあげないよ……」

「え？」

「トール様が本当のことを言ってくれたから言うけど、私、ハイエルフだし、まだ誰ともしたことなんてないし……」

「えええええ？」

僕がこの色気でそんなバカなと驚く。

しかし、そういえば長命種のエルフはそんなことをほとんどしないとか言っていたような。

種の保存行動をする必要が少ないのかもしれない。その割には色気が……。

ディートさんは上擦ったような声で誤魔化すように別のことを言った。

「わ、わ私はこう見えてリアと違ってアーティファクトにも詳しいの。でもこの部屋にあるアーティファクトはどれも見たこともないものだわ。どういうことか教えてもらってもいい？」

先ほどの会議でのリアの話では、ディートさんは独り魔法使いと呼ばれる変わり者で、危険なダンジョン探索も他人とパーティーを組むことを嫌っていつもぼっちらしい。

そんな人にこのマンションのことを教えていいかとも思ったが、先ほどのディートさんのやり取りが嘘だと思えない。

僕は、今まで体験したことを洗いざらい話してみた。

◆◆◆

「この部屋は別の世界？　妖精界、つまり幻界でもないのよね？」

「たぶん、いや僕の世界は妖精界なんてファンタジーな世界じゃないと思う。妖精の世界にこんなのないだろ？」

ポケットからスマホを取り出す。光りながら小さな音楽を流す。

ほとんど暗闇でもディートさんの驚きが伝わった。

「ない……わね。でも神界ってことはないと思うし、それ以外の世界があるなんて信じられない」

「いやー僕も信じられなかったよ。……僕が大賢者でも何でもないどっかの世界の一般人と知って幻滅した？」

自嘲気味に言った。ディートさんの反応は怖いけど、真っ暗だから彼女がどんな顔をしているかもわからない。

ディートさんが何か言うのを待っていると、おでこに柔らかくてわずかに湿った感覚がした。

「もう……。その日本って所だと一般人のトールが大冒険をして私の命を救ってくれたなら、大賢者であることより意味があることじゃない……」

彼女の声と吐息で顔と顔が近くなったことがわかる。

続きがあるかと思って、暗闇なのに意味もなく目を閉じてしまう。

だが、どうやら続きはないようだった。

「じゃあ、リアが起きないうちに行きましょう？」

「へ？　どこに？」

「ダンジョンよ！　スキルとか私の世界のこと、私が教えてあげる」

続きがないのは悲しかったが、それはすごくありがたい。

「代わりにトールがこっちの世界のことを教えてね」

ディートさんは楽しそうに笑った。

◆◆◆

ダンジョンのこの部屋は、もうモンスターの心配をする必要はない。

もしいたとしても隣には魔法使いのディートがいるのだ。

安心してステータスチェックをした。

「おお！　オオムカデを倒したからレベルが上がってるぞ！　食べ物の効果はなくなっているけど」

「教えて教えて」

ディートが僕のステータスを教えてとせがんでくる。

「待ってて。メモるから……っと。はい」

【名　前】鈴木透《スズキトオル》
【種　族】人間
【年　齢】21

【職　業】無職
【レベル】4／∞
【体　力】23／23
【魔　力】36／36
【攻撃力】118
【防御力】44
【筋　力】14
【知　力】25
【敏　捷】16
【スキル】成長限界なし

「どれどれ」

ディートはうれしそうに僕のメモを受け取ったが、内心、渡すのに少し抵抗があった。

だって無職って書いてあるんだぞ。

「ぷっ。本当はトールじゃなくてトオルって名前なんだ。年齢は21。若いわね……」

そういえば、エルフは長命種と聞いた。

ディートは何歳なんだろう。

「ディートはいくつなんだよ?」

「人間にしたらトオルと同じぐらいよ」

「それっていくつさ」

「後で教えてあげるから」

怖いような聞きたいような。

「職業は無職」

ぐっ。悲しいところを淡々と読み上げられた。

ってかモンスター語、読めるのかよ。

「レベル4なのにもう〝成長限界なし〟を持っているのね」

「最初からを持っていたけどね。それってどうなん?」

「最高よ。成長限界なしは私も喉から手が出るほど欲しいわ」

「マジで? やった!」

しかしディートは、最高という割にはあまり明るく言わなかった。

「もし……トオルがエルフみたいな長命種ならね。人間の寿命は短いから」

「どういうこと?」

ディートの話を聞くと、やはり成長限界なしは大器晩成型らしい。

しかも人間の寿命枠ではおさまらないほどの晩成。

エルフだったら長い時間を使って弱いモンスターを無数に倒していく手段もあるが、人間では強いモンスターと戦っていかなくては寿命の時間的制約にひっかかる。

もちろんその過程で命を落とすことも多い。

「ちなみにオオムカデはレベル1ケタが戦う相手じゃないわ。そもそもこのフロアに出ることもあまり多くない強敵だしね。運が良かったわ」

「そうなのか……ちなみに無職っていうのは……」

大賢者でもない上に無職ってのは、さすがに幻滅されないだろうか？

「職業無職っていうのはその人の性向ね。生業《なりわい》が表示されるわけじゃないわ。無職でも冒険者やる人もいるし。でもまあ本当に無職になる人も多いかしら」

無職はそのうち意外と役に立つスキルを取得できるとか、ディートは何となく励ましてくれているような気がする。

気持ちはありがたいけど、ちょっと悲しい。まあいいやと僕は笑った。

なぜなら成長限界なしの無職でも、日本の道具で強くなれるのではないかと思ったからだ。

「ディート側の世界の講義はこの程度にしておこう」

「え？　まだ教えられることはあるわよ」

「明日にしようよ。それよりも僕の世界の街に行ってみないか？」

「ホント？　行ってみたい！」

ふふふ。ここからは僕のターンだ。きっと驚くぞ。

◆◆◆

「この石壁の先が、その日本とやらにつながってるのね」

魔法使いであるディートは石壁を触って調べている。僕から見ると、何もない窓のすぐ先でパントマイムをしているように見えるけど。

このマンションの原理を調べているのかもしれない。

けど僕は、何事も原理なんかわからなくても有効に活用できればいいやと思うタイプだ。

ディートと手をつなぎながら窓から出る。

「ほ、本当だ。すごい魔法ね」

「いや魔法かどうかはわからないけどね。日本には魔法なんてないし」

「ふ〜ん。そうなんだ。確かにただの魔法とも思えないわね」

石壁が見えない僕からしてみれば、窓から2人で外に出ただけだ。

ただ、やはり僕の体に触れていれば、ダンジョン側の世界の人も外に出られるという考えは正しかった。

ディートは日本の光景に目を白黒させていた。

「それにしても、これが日本……すごいわね」

「あんまり言葉は発しないでくれよ。こっちの世界はテレパシー言語なんてないから」

「何で？　外国語もわかるのに不便ね」

「そういう文化なの」

ちなみにモンスター語はテレパシー言語ではないけど、冒険者はモンスター語を話すことはできなくても聞き取れることが多いらしい。

モンスター語がわかれば、集団で襲ってくるモンスターに対して有利になるからだ。

「じゃあ行こうか」

ディートは怯えているのか、生まれたての子鹿のような足取りでついてきた。

ちなみに服装がブルマではあまりに目立つので、ジーンズとシャツと帽子を貸してあげた。

帽子と髪型でエルフの尖った耳をうまく隠している。

「大丈夫？」

「う、うん」

軽く手を引いてあげることにした。

「あ、ありがと」

「う、うん。いいんだよ」

大きな幹線道路がある歩道に出た。総合ディスカウントストアのトンスキホーテはすぐ先だ。

「ひゃっ」

車が通ると、かなり距離があるのにディートが声を上げた。

辺りの人がテレパシー言語に驚いてこちらを見る。

そのうち変だなあという顔をして目をそらした。

「ディート。大きな声を出すなって」

「だぁってぇ～何あれ～怖いんだもん」

「車だよ。乗り物なんだ」

「あ～部屋から出る前にトオルが気を付けろって言っていた車って、あれのことなのね。あんなに速いとは思わなかったわ」

ディートはピッタリと僕に張り付く。

ただの帽子と男物のシャツとジーンズ姿なのに、ディートはともかく美人だ。

悪い気はしないが、かなり目立ってしまっている。

通りの少ない夜でも、男たちの羨望の視線が刺さる。

「と、とにかくトンスキホーテに急ごう」

「う、うん」

トンスキホーテに入ると、ディートが目を押さえる。

「このカラフルなの全部商品なの？」

「うん。そうだよ」

「目が回ってきた」

「ちょっ、ちょっとそこで休もう」

ベンチを見つけたのでディートを座らせる。

食べ物の売店も並んでいた。普通のトンスキホーテは深夜に売店はやってないらしいが、大型店で繁華街に近い立川のトンスキホーテではやっているようだ。

「大丈夫？」

「大丈夫……大丈夫……」

視覚情報の多さにビックリしたのかもしれない。

「何か美味しいものを買ってきてあげるよ」

「別にいらない」

「食べてみなよ。日本の食べ物はきっとビックリするよ」

「……甘いのある?」

「あるよ」

タコ焼き、クレープ、アイスクリーム。さて何を買ってあげようか。

ディートは甘いものが好きだからクレープにするか。

「バナナチョコクリームを1つください。ついでにコーラも」

たまには他のも食べたくなるけど、やっぱクレープはバナナチョコクリームだよね。

ベンチの方に戻ると、ディートに話しかけている2人組の男がいた。

ディートはものすごく冷たい目つきで睨んでいる。

や、やばい。何となくだけど、若者の命の方が。

「あーすいません。どうかしましたか? この子、外国人だから日本語しゃべれなくて」

「あ、ああ、やっぱり外国の人なんだ。何か困っていたり、迷っているのかと声をかけたんだけどお連れがいたんだね。じゃあ」

2人組の男は軽く手を振って去っていった。

ナンパなんだろうけど、悪い人ではなかったのかもしれない。

すぐにいなくなった。

「何あれ。軽薄ね。簡単に話しかけてきて」

「いや何かディートが困っているんじゃないかと話しかけたらしいよ」

ものすごく機嫌が悪くなってきた。

「何か変なこと言われたのか？」

「別に。案内してあげようかって。こっちは話すこともできないから睨むことしかできないし」

結構なイケメンだったが、ディートには効かないらしい。そういえば逃げるように去っていった。ディートの冷たい視線はかなり怖いからな。

「ま、まあ機嫌直してこれでも食べなよ」

「なーに、これ」

「クレープっていうんだけど、小麦粉と生クリーム、砂糖を……とにかく美味しいよ」

やはり異世界には、クレープはないらしい。

「お砂糖!?　確かに甘い香りがするわね。いただくわ」

「どうぞどうぞ」

ディートがその艶やかな唇でクレープの端を口に入れる。

「んっん～～ん～～～～！」

クレープは正解だったようだ。端からどんどんなくなっていく。

昔は砂糖が貴重品だったと聞いた。ダンジョン側の世界もそうなのだろう。

ほとんどなくなった時にディートはハッと僕を見た。

「ごめん……1個しかなかったのにほとんど食べちゃった……」

残ったクレープを僕に渡そうとしてくる。

口にクリームが付いていた。

買った時にもらった紙のナプキンで拭いてあげた。

「んんっ」

「そんなに気に入ったのなら、全部食べていいよ」

「あっ笑ったわね！」

「ごめんごめん。あんまり美味しそうに食べるから」

「ふん。美味しくなんかないわよ。もう食べないっ！」

本当は食べたいくせに。

全部食べたら彼女が悲しむし、かといって僕が食べないのもプライドを傷つけるだろう。

だんだんとディートの扱い方がわかってきた。

「じゃあ半分食べるから、半分食べてよ」

「……そうする」

ディートはやはり口元にクリームを残した。

クレープを食べてディートの緊張もほぐれたのか、トンスキホーテを楽しく散策できた。

「あ、あの服……リアが着ている服だ」

コスプレコーナーの前でディートが見つけたのは、ブルマとスクール水着のセットのようだ。

「私、何となくわかってきたわ」

「何が？」

「ここがエッチな衣装のコーナーってことが！」

ギクッ。どうしてバレたんだ。まあそりゃバレる。そういう雰囲気を醸し出しているコーナーだもの。

「い、いや、違うんだよ」

「何が違うのよ⁉」

「に、日本の食べ物や服は、ダンジョンだと不思議な効果を発揮するんだ」

「えええ⁉　本当なの？」

本当だ。ダンジョンでポテチなどを食べてステータスをチェックしたら、確かに一時的なステータスの上昇があった。

「この服もきっとステータスが上がると思うなあ。ディートにも買ってあげようか?」

「こ、こんなの……でもステータスが上がるかもしれないのか……」

「似合うと思うんだけどなあ」

それも本当だ。

「……買って」


ディートはブルマとスクール水着が入った袋を持てご満悦だった。

「それにしても日本って本当にすごいな~」

「そんなもんかなあ。僕はずっと日本で暮らしてるからよくわからないよ」

そうは言いつつも、きっと異世界人をトンスキホーテに連れていったらビックリするとは思っていた。

でも、ディートの順応性にも驚く。

もう店のさまざまな商品に興味を持って、触ったり手に取ったりしていた。

「特にあのパソコンってのがすごいわね。あれがあれば、日本のことを何でも知ることができそう」

頭も良い、というか理解も早かった。

「たぶんいろいろ改造すれば、ダンジョンの中がパソコンでわかるようになると思うよ」

「え？　どういうこと？」

「つまりさ、カメラっていう目を設置することで、安全な部屋からパソコンでダンジョン内の様子を見ることができるようになるんだ」

「驚いた。パソコンってそんなこともできるのね」

◆◆◆

僕とディートはそおっとマンションの部屋に戻ってきた。

ひょっとしてリアが起きているのでは、と2人で和室を覗く。

「……ぐっすりだね。音も少しはしたと思ったんだけど」

「寝かせといてあげましょうよ」

ディートが優しい声で言った。

実はそうなんじゃないかなあと思ったことを聞いてみた。

「ディートってリアのことが嫌いじゃないだろ？」

少しの沈黙の後に彼女は言った。

「この子はお節介を押し付けてくるけど、偽善ではないからね」

なるほど。やっぱり推測通りだった。

ディートが本当にリアを嫌いだったら、さっきだって僕のコミュニティと言っていいのか、ともかくこの部屋からも、彼女の性格からして追い出そうと言うに決まっている。

それは言わなかった。

「じゃあ何で挑発するようなことばっかり言うのさ」

「別になれ合う必要もないじゃない」

「なれ合わなくてもいいから仲良くするように努力してよ」

「努力はしてみるわ」

絶対しないな。しかし今までのディートの生き方を変えてくれと説得するには眠すぎた。

「とりあえず、そろそろ夜が明けるけど寝ない？」

「ねえねえ。トオルのベッドで一緒に寝てもいい？　買ってくれたブルマを着て寝てあげるからさ〜」

な、何だと……。ブルマのエルフと一緒のベッドで寝られる？　しかしディートとリアは僕と寝ないと協定を結んだはずだ。

「リアと約束していただろ？　僕がベッドで2人は布団で寝るって」

「ふんっ！」

僕だって一緒に寝られるものなら寝たいよ。

洋室と和室に分かれる。

まだ興奮も残っているが、とりあえず安心して寝ることができそうだ。

◆◆◆

「おはようございます！　大賢者様！　朝ですよ～朝ですよ～」

寝たばかりなのに元気な声で起こされる。

何ごとかと思ったら、リアがベッドの脇で挨拶をしていた。

朝日の陽光で彼女の黄金色の髪と笑顔が光り輝いている。

しかし、今はそれを見ても眠かった。

「いや、まだ早いですよ。眠くて眠くて」

実際8時だった。まだ早いよ。再び眠ろうとする。

「また寝ちゃうと生活リズムが崩れますよ」

異世界人には陽光が入ってくる窓ガラスが、石壁から陽光が入ってくるように見えるらしい。

手を引っ張って起こされた。

美少女からこんな起こされ方をするのは夢だったはずなのに、実際はまだ寝ていたかった。

今日はバイトのシフトも入っていないしなあ。

僕はゾンビのような歩き方で、自分の意思とは関係なく洗面所に引っ張られていった。

「さあ、顔を洗って歯を磨いてください。終わったらリビングに来てくださいね」

リアはそう言うと、キッチンの方に行った。

隣にはやはりゾンビのような動きをしているディートがいた。

ちなみに、買ってあげたブルマを着て寝たようだ。リアのブルマ姿を見て本当は着たかったのかもしれない。

「おはよう……リアがお節介騎士って言われているのがよくわかったよ」

「おはよう……でしょ」

2人でノロノロと顔を洗って歯を磨く。

さっき言われたままにリビングに行って椅子に座ると、黒い物体がお皿の上に出てきた。

「何これ？」

僕が聞いた。

「前にトール様が作ってくれた料理を見ていたんです。朝食に作りました」

こんな料理はもちろん作っていない。フォークで押すと、中に少しだけ残った黄色の物体が出てきて卵の黄身と理解できた。

「トオルが仲良くしろっていうから我慢して起きてきたのに、これは嫌がらせなの？」

ディートが昨日、リアに出していたような冷たい声で言った。

意外にもディートは僕の要望を聞いてくれていたらしい。

「ご、ごめんなさい。トール様のアーティファクトは便利なんですけど、使い方が難しくて」

ちょっと見ていただけでよくコンロが使えたなとは思うけど、それにしても使えたならこんな黒焦げになるだろうか。

「私、すっごくお腹減っているのに」

美人エルフの目がキリキリと鋭くなっていく。

ディートはダンジョン探索に黒革のウェストポーチをしていたが、質も量も十分な食料が入っていたとは思えない。

トンスキホーテでクレープを食べたが、お腹は減っているだろう。

「わかったわかった。とりあえず朝は僕が作り直すから、お昼は3人で美味しいものでも食べようよ」

「ううう。すいません」

フルーツグラノーラの箱を開けてお皿に盛った。そのまま牛乳をかけて食べる人もいるけど、砂糖を入れた方が美味しいだろう。

すぐに3つのお皿がテーブルに置かれた。

「す、すごい早いですね」

「は、早いけどこれ美味しいの？　牛乳かけたみたいだけど」

どうも2人はフルーツグラノーラの味を警戒しているようだ。

食べ方を実演してあげた。

「美味しいよ。小さい干しフルーツが入っているんだよ」

僕が美味しそうに食べると、2人も覚悟を決めたようだ。

「あ……甘い！　すっごく美味しいです」

「うん。美味しいわね。あんなに早く出てきたから心配しちゃった」

◆◆◆

食事の後、リアが整理整頓をしたいと言い出した。

「リアのおかげでもう大分綺麗になったと思うんだけどなあ」

「大賢者様が住んでいるこの部屋は、不思議な紙の箱を無造作に置きすぎです。開封して整理しましょう」

ダンボール箱のことか。すぐに要らないものは押し入れにそのまま入れておけばいいと思っているんだけど。

まあ、もう危険そうな段ボール箱はないと思う。オタクグッズは押し入れの中に放り込んでいる。

押し入れの中は禁書だから触るなと言ってあるし、まあ大丈夫だろうか？

こっちで指示をすればいいし。

「じゃあ、お願いするよ。僕は洋室にいるからわかんないことがあったら聞いて」

ちょうどパソコンの周りをやりたかったし、良いかもしれない。

リアは台所の整理整頓からやってくれるようだ。

異様に張り切っていた。

僕は洋室で、パソコンが入っているダンボール箱を開封していた。

机はもう設置してある。

ディートが僕の様子を見ながら、後ろのベッドに座って上下に跳ねていた。

体操着の下でたわわが揺れている。ブルマからの太ももも陽光を浴びてまぶしい。

相変わらず、無意識の色気がすごい。

「ああ、これ、すごい気持ちいいベッド」

寝ちゃわないといいけど。

モニターから机の上に設置する。

「ひょっとしてこれ、トンスキホーテにあったパソコン?」

「うん。正確にはこれはパソコンそのものじゃなくて、つなげるモニターなんだけどね。これにダンジョン内の様子を映せるようになると思う。そして本体はこっち……よっこらしょ」

大型のタワータイプなので、本体は机の下に置いてモニターと接続する。

「おっし。壊れてないか電源を入れてみるか……うん、大丈夫みたいだ」

ディートはOSの起動画面に一瞬ビクッとしたみたいだが、すぐに疑問を言った。

興味があるらしい。

「変な青い画面が出てきたけどダンジョンの映像じゃないわよ」

「ダンジョンの映像はすぐには出せないよ」

「そりゃそうよね」

「でもすごいものを見せてあげるよ」

「すごいもの？」

すごいものを見せてあげると言っても、別にお宝映像ではない。

むしろそれは早い段階で外付けＨＤＤに隠さなければならないだろう。

その重大なミッションは後でやるとして……。

「あったあった」

不動産屋から受け取っていたネットの接続キットだ。

この物件は３万円に別料金で５０００円かかるが、すぐに光回線のネットができる環境が整っていることも魅力だった。

「うん。ネットにもつながったようだ」

ヨーチューブのＷｅｂサイトをディートに見せる。

「な、何これ？　よ、妖精？　じゃないわよね」

ディートはモニターに映るライブ会場のギタリストを触っていた。

「ははは。その人は音楽家だよ。今はまだスピーカー付けてないから音は出ないけどね」

まあディートがいなかったら心音ミルの曲を聞いていると思うけどね。

少し格好つけたかな。

ヨーチューブにくぎ付けのディートをほおって台所に行く。

リアの様子が心配だったからだ。

「リア～」

「あ、トール様」

台所の食器棚には、僕のおパンツやTシャツが綺麗に畳まれて入っていた。

そして僕の目には綺麗に掃除してあるように見える台所を雑巾でさらに磨き上げていた。

「が、頑張ってるね」

「はい！　お料理もお掃除も大好きなんです。お料理は失敗しちゃったけど」

料理だけじゃなく、お掃除もどこかズレているような気がしてならない。

でも、ものすごく楽しそうに一生懸命掃除をしているので、何も言うことはできなかった。


僕がリアの掃除姿を眺めていると、ディートが後ろに来ていた。

「ねね。リアが掃除している間に、また日本の外に連れてってよ」

「今はダメだよ」

「何で？」

「リアを独りにできないだろ？」

納得してくれないと思ったが、一応は聞き入れてくれたようだ。「ふんっ」とそっぽを向かれたけれども。

ただ確かに同居人が増えたことで、着替えやら日用品、食料など、もう少し買い物をする必要がありそうだ。

お金に余裕がないからヤバそうな物件でも安いところを選んだのに、お金がどんどんかかる。

経済的な問題については名案があるのだが、それにはディートの機嫌を取る必要があった。

「ディート。さっき一緒に歯を磨いた洗面所の隣の部屋見た？」

「ふんっ、見てないけど……」

「そこにお風呂があるんだ」

「ホントに？　お風呂が？」

「いつでも入っていいよ」

異世界ではお風呂はかなり貴重らしい。

リアによれば、貴族やお金持ちの家にしかないらしい。庶民は水浴びかタライのお湯がほとんどのようだ。

「……ふふっ」

機嫌は直ったようだ。ニッコニコしている。

「ディート。ちょっと頼みがあるんだけどさ」

「なあに？」

「ブルマとスクール水着は……あげたものだけどさ。日本の携帯食料とかライトとかそっちの世界のお金で買い取ってくれないかなあ？」

「え？　そんなこと私の方から頼みたいぐらいよ！　でも私の世界のお金なんかいるの？　使えないでしょ？」

「ところが使えるんだな。こっちに来てよ」

ディートをパソコンの前に連れていく。

「持っているお金見せて」

「いいけど」

ディートは黒革のポシェットから袋を取り出した。５枚しかなかったリアと違って、かなりの量の銀色や金色のコインが出てくる。

「これガディウス金貨って言うんだろう？」

「そうだけど」

「つまり金が使われているってことだ」

「金貨だからね。そりゃそうよ。純金じゃないけど」

日本の街中を歩いていると、金買取り中という看板をよく見る。

中古のブランド品やチケットの売買をしている企業で、金を買ってくれるところもあったはずだ。

クークルで検索してみる。

「おお！　あったあった。グラム単位で引き取ってくれるらしい！　きっと金貨も買い取ってくれるはずだ」

「ならいくらでも持っていっていいわよ。トオルが言うように、スクール水着やブルマが本当にステータスの上がるようなアーティファクトだったら、これ全部でも足りないぐらいだから。というか、普通は非売品になって闇オークションでもないと買えないわね」

「ブルマが闇オークション……。どっちもその辺に……は売ってないけど、トンスキホーテなら安く売っているものだから。3種類の金貨を1枚ずつぐらいもらうね」

ディートに金貨の価値を聞くとこんな感じだった。

まず、最も大きくて価値があるのが、白金貨とも言われるバーンズ記念金貨。珍しい金属が混じっているらしい。

次に大きい金貨が帝国金貨。イグロス帝国という国で使われる金貨らしい。権威付けのためか大きい。

ガディウス金貨が一番小さい金貨だ。普通、金貨と言ったらコレらしい。商業国ガディウスが発行している非常に小さな金貨で模様などはないが、常に一定の純度であることを保証しているとか。

つまり白金貨→帝国金貨→ガディウス金貨となって、さらにその下に銀貨→銅貨と続き、大体10倍のずつの差があるようだ。

「本当に買い取ってくれるかわからないけど、買い取ってくれたらバイトしないで日本の物資を向こうの世界に売るだけで生活できるかもな」

「私たちの世界に住んだら？」

「そしたらマンションの家賃が払えない」

「ああ、そうね。ダンジョンを攻略するための休憩所にするにしろ、変わったアイテムを手に入れるにしろ、パソコンを使って罠を張るにしろ、ここがあるからいいのか」

「それに日本の生活もなかなかだろ？　僕は捨てがたい」

「確かにフルーツグラノーラは美味しいし、畳も良かったわ。パソコンも楽しそうね」

「そんなのまだまだだよ。とりあえず、日本のお風呂に入ったら？　リアと一緒に入るといいよ」

「リアと？」

「教えてもらわないと使い方がわからないだろ。僕はその間に買い物に行ってくるから」

僕は笑ってリアに声をかける。

「リアー」

「はーい。何ですか？」

「ディートと一緒にお風呂に入ってあげてくれないかな」

ディートが反論する。

「ちょっちょっと！　1人でも大丈夫よ！」

「わかりましたー。はいはい、ディートさん教えてあげますからね。脱いで脱いで」

「ちょっやめて。1人でできるから」

「間違えると大変なことになりますから。私なんかキャーってなって、トール様に助けてもらったんですから」

もう少し様子を見てみようかなと思ったが、金貨の換金も気になる。

後ろ髪を引かれながらも窓から日本の街に出ることにした。

◆◆◆

「金高額買取中！　重さで査定します」

何か緊張するなあ。店内に入ると、より詳しく買取額が書いてあった。

なるほど。含有量でも買取額が変わるのか。

ネットでもそんなことが書いてあった。

お姉さんに声をかける。

「すいません。金の買取査定をお願いしたいんですけど」

「そうですか。それではこの書類にご住所とお名前を書いてください。身分証は持っていますか?」

「免許証ならありますよ」

無理してとった自動車免許がある。もちろん車はない。

「はい。それで結構ですよ。お品物は」

「これなんですけど」

「え? 随分大きな金貨もありますね。見たこともない……」

「いやーたぶん、金貨じゃないんじゃないかなあ。おばあちゃんの蔵から出てきたものをもらったもので」

ダンジョン側の世界は金貨に意匠を凝らすだけで文字も数字も打たない文化のようなので、彫刻されたメダルだと主張した。どこかの通貨や史料的価値があると思われると、買い取ってくれないかもしれない。

お姉さんはその場で分厚い金貨のカタログを取り出して照合する。

実はネットで調べたところ、金は値段の内外価格差があるため、外国人がよく売りに来るらしい。

まあ関税を払わないで空港で捕まったりする人もいるらしいが、金を買い取ってもらうこと自体はもちろん合法だ。

「確かにどの国の金貨や通貨にも該当しませんね。ではそういった価値ではなく、含有量と重さで買い取らせていただきます。少々お待ちください」

やった！　やった！　どんな出自の金《きん》でも儲かればいいのかもしれない。

店側が責任を負うこともないだろうしね。

待つこと30分後。

「この小さなメダルが９４００円です」

何の彫刻もないガディウス金貨は約１万円か。ドキドキしたのに割に合わないかもしれない。

「この人間の意匠が入ったメダルは」

帝国金貨か。初代皇帝の顔が入っている。

「９万７０００円で買い取らせていただきます」

や、約、10万円？

「マジっすか？」

「ええ。さらにこの一番大きいメダルはプラチナの金メッキのようで」

プラチナは金より高いんじゃないか。

しかも他のものよりも断然大きい。

「調べないと、すぐには買い取れないですね」

マ、マジかよ。向こう側の世界では10倍ずつ値段が上がっていくって言っていたし、金貨と帝国金貨は10万円差だったから1００万円ぐらいなんじゃないか。

「では小さいのと中くらいのを買い取らせていただいて、この大きいのは預り証を出しますので後日ということでもいいでしょうか？」

「い、いえ。すいません。この一番小さいのだけお願いしてもいいですか？　今度また持ってくるかもしれないので」

僕は慌てて店を出た。手の中には９４００円があった。

なぜガディウス金貨だけ換金したかというと、この金貨はほとんど意匠がなくて、本当にただのメダルに見えるのだ。

大量に持ち込むと、皇帝の顔などが彫られた金貨は歴史的史料価値があると思われるかもしれない。

最悪盗掘品だと思われる。

なら日本での換金は、ただの金メダルであるガディウス金貨だけにすればいい。

「でも、それじゃあ1万円ぐらいにしかならないって?」

僕は白金貨を空中に投げてキャッチして笑う。

「ふふふ。この白金貨は、ダンジョンを抜けて地上に出れば、街でガディウス金貨100枚に両替できるんだったよね」

7　ダンジョンマスターを目指すことにした

お金の問題が解決した日の夜、リアが寝てからディートとまたダンジョンに行く。リアのことは、いつものようにシズクに頼んでいる。

ディートからダンジョン側の世界のことを教えてもらう約束をしていたからだ。

鉄の扉は閉まっているからモンスターは出ない。ディートからいろいろと教わりながら、ゆっくりと試してみようと思う。

けどその前に……。

「じゃあディートもステータスチェックしてみなよ。それからマントで、隠さないでちゃんと着ているか見せてよ」

「う、ううう……」

ディートがマントを押さえている手を離す。ふわっと広がるマントの下は聖紺色のスクール水着だった。

ありがとうトンスキホーテ！　これを売っていたトンスキホーテに、僕は感謝した。

それはともかく日本の服はきっとさまざまな特殊効果があるだろうから、それをディートと調べているのだ。

「おおおおおお！」

　黒革のボンテージファッションでは胸はパッツンパッツンだったが、拘束のゆるいスクール水着ではボヨンボヨンだった。

「こ、この服、太ももとかお尻とか見えていて恥ずかしいんだけど、本当にステータスアップしているの？」

　いつものボンテージファッションでも露出はしていると思うけどな。ステータスも上がっていると思う。

「してるしてる……たぶん」

　ディートは不満を言いながらもステータスをチェックし始めたようだ。

「えええええええ！　こんなペラペラな服で防御力が２００以上!?　しかも限界レベルが上がっている？？？」

「僕も見たい。書いて書いて！」

【名　前】ディート＝マカロン
【種　族】ハイエルフ

【年　齢】２２１
【職　業】魔法使い
【レベル】47／48
【体　力】71／71
【魔　力】１４９／１４９
【攻撃力】38
【防御力】２５８
【筋　力】22
【知　力】１９８（＋38上昇中）
【敏　捷】66
【スキル】攻撃魔法ＬＶ７／10　支援魔法ＬＶ３／10
古代魔法ＬＶ４／10　詠唱短縮ＬＶ６／10

マカロン、かわいい家名だな……。

それと年齢のところには触れないでおこう。

「エルフは１０００年ぐらい生きるから、人間にしたら20歳ぐらいでしょ？　見た目の年齢はずっと変わらないし」

年齢に触れないでいたら、有無を言わさない声でディートの方から説明してくれた。かなりむちゃな論理だし、その計算だと22歳ぐらいなんだけど。

その辺は無視して、他のステータスを見る。

「レベルはほとんどマックスなんだね」

「違うのよ！」

「へ？」

「前から上限だったの。いくら努力してももう伸びなかったのに、上限が増えているのよ。この服最高！」

こんなに喜んでくれるなんて。トンスキホーテのコスプレコーナーでブルマとスクール水着を買っておいて本当に良かった。

けど服だと、脱いじゃったらどうなるんだろう。何かおかしい気もするが。

「まあ防御力は本当に高いんだろうし、いいか」

「でしょ？　こんなペランペランな素材なのに」

うれしそうにディートが体に密着したスクール水着の胸部をつまんで引っ張る。やることがいちいち色っぽい。

「そういやビキニアーマーって古き良き伝統があるしな。日本の水着系は防御力が高いのかもしれない」

「何？　ビキニアーマーって」

「売っているから今度買いに行こうよ」

「うんうん！」

まあビキニアーマーじゃなくて、ただのビキニだけど。

本人がうれしそうだからいいだろう。

「その体操着っていうのも着てみたいなあ」

「これも着るの？」

「うん。後ろ向いていてね」

効果が大きいとなれば、女性は現金だった。

しかし、ここで着替えるっていうのかよ。

まあ僕もブルマは見たいから異存はない。

素直に後ろを向いた。

背後からディートの楽しそうな歌声が聞こえてくる。

ところが、ディートの歌声が急に叫びに変わった。

「えええええ？　嘘おおおお？　何でええええええ？」

慌ててディートの方を振り返ると……彼女は着替えの途中だったのかマッパだった。

「ぼ、ぼぼぼぼ僕の方が何でと言いたいよ！　何で急に叫ぶのよ⁉」

指が自然に開ききった手で目を隠しながら、叫んだ理由を尋ねる。

「スクール水着を脱いでもレベルの成長限界が1上がったままなの」

「え？　それってどういうこと？」

「私もわからないけど、レベル47／47で成長限界のはずだったのに……スクール水着を脱いでも47／48のままなの……あっ、ひょっとして」

ディートが何か思いついたような顔をする。

それと同時に胸をバインバインさせたマッパのディートに押し倒されて上に乗られる。

今やスクール水着の拘束すらない凶器だ。

「きっとコレよ」

コレ？　コレって何だ⁉

そう思った瞬間、ディートは顔を近づけてきた。

「んっ⁉　ん〜〜〜‼」

僕は再びディートの柔らかい唇の感触を自分の唇で味わうことになった。

「ぷはぁっ」

ディートが呼吸のためにエロい息継ぎ音を立てる。

やっと話せる、いや叫べるようになった。

「ちょっちょっと！　何だって言うんだよ！」

「……」

叫んでもディートはマッパで僕の上に乗ったまま何も言わない。

「ちょっと聞いてる⁉」

「……～～～～～～やったぁ!!!」

ええええ。意味がわからない。

「何がやったのさ？　というか服を着てよ」

「う、うん？　服？　きゃあああああああ！」

マッパだったのに気が付いてなかったんかい。

危なく本能のままに動いてしまうところだった。

ディートは急いでブルマと体操着を着た。真っ赤な顔で少し前かがみになって体操着を引っ張る。

聖紺色のブルマを隠そうとしていた。

隠そうとしているが、ムチプリンとした健康的なお尻は隠せていない。

僕の理性が決壊しそうになるのは、マッパでもブルマでもあまり変わらない。

何とか冷静さを保ちながら、押し倒されてチューされたことに対しての説明を求めた。

「で、さっきの奇行は何だったのよ？」

「ご、ごめんね」

今さら遅いのに、ディートは急にしおらしくなる。

しかし美人が顔を赤らめながらしおらしくなるのは……いいね。

その上、ブルマだ。

「いやいや、怒ってないんだけど、理由を教えてよ」

「その……トオルとチューするとね」

「チュ、チューすると」

「レベルの成長限界が上がったの……」

な、何？　それって僕とチューすると、強くなる上限が増えるってことか？

「マジか？」

「う、うん。私はもともと47が限界で、48になっていたのはスクール水着のおかげだと思って
いたのに、脱いでも48のママだったから……。コーラを飲まされた時のトオルのチューが原因

かなって」

それでさっきの無理やりな状況が起きたのか。

「それで試した結果……どうだったの？」

「大当たり！　49になったの！　チューすると成長限界なしが少しうつるのかな？」

「マジかよ。スキルの成長限界なしがチューでうつるなんて聞いたことあるの？」

「ないよ。そんなことがあったらすごい噂になっているって」

そりゃそうだろうな。だからこそディートがあの喜び様なのだ。

「でも成長限界をうつせるような能力って、スキルとして表示されたりするんじゃないか？」

「トオルの世界の不思議なのかな？　あるいはレアなユニークスキルなんかだと、自分でもチェックできない潜在スキルなんてものもあるわよ。人物鑑定のスキルレベルの高い人なら見られるかも」

「人物鑑定スキル⁉　そんな便利なものもあるのか」

「無職は鑑定系スキルも取得できるから、レベルが上がればいずれ身につくわよ」

無職、意外とすごいじゃんか！

「魔法系も覚えられるしね」

「な、何だと？」

「でも適した職業の何倍も、あるいは何十倍もレベルを上げないと覚えられないの」

「うへっ」

「それに平均的には15前後って言われている成長限界があるから、スキルを取得できないで終わるの。スキルはレベルが上がった時に取得できることが多いから」

「えっ？　でも僕には成長限界はないんだよね？」

「そそ。だからさっき言ったようにいずれは取得できるわ。寿命が来る前に、文字通り山ほどモンスターを倒せればだけど」

モンスターを山ほどか。何とかなるかもしれない。

でも寿命はどうにもならないだろうなと考えていると、ディートが身を寄せてきた。

なぜか目をつぶって顔を近づけてくる。

「な、何さ」

「もう！　チューに決まってるじゃない！」

「ちょっちょっと待てよ」

「何よ。私の成長限界を上げるのに協力してくれないの？」

「えええ!?」

「私、何十年も成長なしで冒険者してたのよ！　モンスターを倒しても倒しても強くなれないし。後から来る成長限界が高い奴に抜かされるし！」

「ううう。そりゃ確かに可哀想だけどさ」

だが……チューはそんなに気軽にするもんじゃない気もする。僕が童貞だからそう思うだけかもしれないけど。

「ならいいじゃない。言っとくけど、私だって別に成長限界のことがあっても、したくない奴となんかしたくない。トオルとだからするんだからね」

ディートは不満気に頬を膨らます。

成長の限界にしても、僕とチューすることに関しても、ディートにとって気軽にってわけじゃなかったかもしれないと少し反省する。

「わ、わかったよ。じゃあ成長限界に達したらするって」

「何よ。今してくれたっていいじゃない。もったいぶらなくたって！」

僕の心にはある少女の笑顔が浮かんでいた。

「あーあーあー！　リアね！」

ディートが真っ赤になる。これは照れではない。

「好きなの？」

女性のカンは鋭い。エルフも同じみたいだ。

「……そりゃ嫌いじゃないさ……気になるしさ」

目の前の女の子が強がりだというのは、もう何となくわかっている。

目の端に光るものがあるのを見なくても。それに……。

「ディートも……」

「え？」

少しの沈黙の後、聞かれた。

「わ、私もって？」

「同じぐらい……」

正直に言うことがいつでも正しいとは思っていないが、本当のことを言う以外なかった。

「ふ、ふーん。そうなんだぁ。そうなんだぁ」

ディートは自分も真っ赤なくせに、下を向いた僕の顔を覗き込もうとする。

「ふ、普通こういう場合、女性は怒るんじゃないの？」

「私はそんなに心が狭くないわよ。あの子は知らないけどね」

「そんなもんなの？」

「先にリアを選んでもいいわよ」

「え？　ど、どういうことだよ！」

ディートは僕のことなどどうでもよくて、ひょっとして成長限界の解除が欲しいだけなのだろうか。

「も、もう！　好きよ。好きだけど！　あの子は人間なんだから先に死んじゃうじゃない」

「え？」

「長くても80年後には。そしたら私がトオルを独占するわ」

いつもの強気に戻ったのか、ディートは小悪魔っぽく笑う。

長命種のエルフとして自信満々って顔だが……。

「いや80年も経ったら、リアだけじゃなくて僕も死ぬからね」

80年後にディートと付き合うかどうかはともかく、またさっきの寿命の問題に突き当たった。

トンスキホーテで少し考えたレベル上げの方法があっても、こればかりはどうにもならない。

僕は困ってつぶやいた。

「簡単にレベルアップする方法はありそうなんだけどな。寿命だけはどうにもならないよ……」

ディートも困ったようにつぶやく。

「寿命を延ばす方法はわかっているの。でもそれを実現するためにはものすごくレベルを上げないと……」

お互いのつぶやきが、お互いを驚かせる。

顔を見合わせた。

「トオル！　簡単にレベルアップする方法ってどうやるの⁉」

「あ、ああ！　教えるから、その後に寿命を延ばす方法を教えて！」


僕はトンスキホーテで考えた方法をディートに話してみた。

「どう思う？　僕の世界では食用の魚の養殖も盛んに行われているんだ。言ってしまえば牛とか豚の畜産みたいなもんだよ」

「す、すごい発想するわね。モンスターの養殖か」

「ダメかな？」

「ううん。普通は駆除対象のモンスターをレベル上げのためにダンジョンで養殖するなんて盲点だったけど、できるかもしれない……アイツら牛とか豚よりすぐ増えるのもいるから」

モンスターを倒して冒険者ギルドから報酬をもらったり、生き残るために必死で戦っていたディートたちと僕では、モンスターに対する考え方が違うのかもしれない。

「養殖も面白いけど、パソコンでカメラの映像とやらを見ながら罠でモンスターを倒すっていうのもきっとできると思う」

「おお！　マジか！」

「うん。私の世界にも罠師っていう職業があるから。でもパソコンを見ながら、心地良い部屋でボタンを押してればいいだけなんて……」

「うん。ポテチを食べたり、コーラを飲みながらゲーム感覚でね」

引きこもりには最高だ。

「す、すごいけど、200年も流した私の血と汗は何だったのよお〜」

ディートは頭を抱え込んだ。

「よーし！　じゃあ寿命の方を教えてくれ。ディート。おーいディート」

「ダンジョンマスター……」

ダンジョンマスター？

ディートは頭を抱えたまま投げやりに言った。

「何それ？」

「一言で言えばスキルよ。ダンジョンのマスターになれるスキル」

「……ダンジョンの主人ってことか」

「ダンジョンの最下層に行って、今のダンジョンマスターからスキルを引き継ぐの。ヨーミのダンジョンにもダンジョンマスターがいるだろうと言われているわ」

「つまり、たどり着くには強くないといけないってことだな」

ディートが頷く。

「しかも引き継ぎを拒否されれば、戦いになるでしょうね。それに勝たなければならないわ」

「なるほど。強さが必要なのはよくわかった。けど、ダンジョンマスターと寿命がどう関係するのさ？」

「ダンジョンマスターのスキルを持っていれば、ケガで死ぬことはあるけど年を取ることはないわ」

「な、何だって〜⁉　不死はないけど不老ってことか」

「若いままね。だから皆手放したくないのよ。それでモンスターを配置して奥に隠れているって噂もあるぐらいよ」

うーむ。確かに手放したくなくなるかも。

「けどなあ。そんなに長く生きても、良いことなんかないかもしれないし」

そう言うと、ディートが僕に妖しく微笑みかけた。

「あら……トオル。あなたの世界と私の世界を行き来しながら、ほとんど年を取らない私とずっと一緒にいるって興味ないの？　きっと楽しいわよ」

「えええええ？　う、うーん。悪くないけど、そんなことして天国のおばあちゃんが悲しまないかな？」

「何でぇ？　別に何も悪いことなんかしてないじゃない」

ディートが人差し指で僕の胸をツツと撫《な》でて刺激してくる。

しかもブルマ姿だ。この色気で本当に処女なのか。

「いや、だってさ、自分を守るためにモンスターとか作って配置するんでしょ？　それで冒険者が死ぬじゃん」

「トオルがやらなくたって他の人がそれをやるわよ。モンスターで経済が回っているって側面もあるし」

うーん。自動車でも人が死ぬみたいな理屈か。

「そ、そりゃそうかもしれないけど……」

「トオルがやれば、ほとんどモンスターを配置しなくてよくなるかもよ？　マンションの部屋へ隠れていたっていいんだから」

「た、確かに」

「世の中のためよ」

ディートはその形の良い口を僕の耳のそばに寄せる。

声とそのたびに吐かれる吐息が気持ちよい。

「それに、何の意味もなくレベル上げするの？」

「それもそうか」

考えてみれば、ただ単にモンスターを倒したり、探索するよりも、ダンジョンマスターを目指すという目標があった方がいいかもしれない。

「よーし、じゃあレベル上げや探索も少しはするつもりだったし、ダンジョンマスターもついでに狙ってみるか！」

「やったあ！　絶対ね！」

「絶対と言われると、あまり自信がないよ」

リアルダンジョン攻略など、難しそうな気がしてならない。

「頼りないなあ〜。私のためにスキルを取ってよ。長命種のエルフは長い人生でひとりぼっちになりやすいんだから」

ディートは性格の問題なのか、別の理由があるからなのか、もうぼっちだって聞いている。

段々とわかってきたけど、ディートは寂しがり屋なんじゃないだろうか。

「わ、わかったよ。ディートのために頑張ってみる」

「っ！　ありがと……トオル……」

いつも強気なディートが小さな声でお礼を言ってくれた。

彼女の頭を無意識に撫でてしまう。

ディートの性格からして怒られるかなとも思ったけど、もっと撫でてほしいとでもいうように頭を預けてきた。

格安物件で気ままな一人暮らしが始まるつもりだったけど……リアは怖がりだし、ディートは寂しがり屋で放っておけない。シズクに至ってはペットみたいになっちゃったしね。

ダンジョンを探索するリアやディート、シズクにとって、僕の部屋が憩いの場所になるならそれもいいと思う。

訳あり物件から始まった、間違いだらけのファンタジーライフはきっとまだまだ続くだろう。

外伝　ゴブリンかと思ったらすてきな大賢者様だった件

「トールです」

「トール様。すてきな名前ですね」

ダンジョンで動けなくなった私を不思議な空間に保護してくださった大賢者様は、そう名乗った。

◆◆◆

考える時間が多くあるのは、つらいことでもあるらしい。

女でありながら軍事貴族エルドラクス家を受け継いだものとして、主家カーチェ伯爵家に剣を捧げてから、もちろん死ぬことも覚悟していた。

主家の爵位が廃されて、騎士から冒険者になった時も同じように覚悟はしたハズだった。

もちろん死の瞬間が来れば、私が支援している元主家旧領の子供たちのことを思うけれど、それは許されるだろう。

しかし、動けない体でダンジョンに倒れるのが、これほど恐ろしいとは思わなかった。

戦いの中で負ければ戦闘による死だが、マヒ毒によって動けない今の私は、戦いの中で死ぬことはできないだろう。

モンスターに見つかれば一方的な虐殺になる。

一撃で頭を砕かれるか、ゆっくりと切り刻まれるか、生きたまま食われるか。

それはまだいい。

最も恐ろしいのは、ゴブリンやオークといった知能の低い鬼族とも言われるモンスターだ。

噂かもしれないが、ゴブリンやオークは女性を弄んでから殺すという。

実際に私は倒したゴブリンから、毒が塗ってあった吹き矢を受けて動けなくなった。

もし噂は噂でそのような目的がないならば、単純に死ぬ毒を矢じりに塗るのではないだろうか。

ゴブリンに発見されてしまう想像をして身震いした。

私が男であればこのような心配はしなくても済んだのに。

「どうして私は女に生まれたのかな？」

これまでの人生で何度も感じて、思って、考えたことを動けない体でつぶやいてしまった。

名家に仕える軍事貴族のエルドラクス家は男児が生まれなかった。

そのため私が家督を継いだ。

ちなみに唯一の肉親である妹はすでに嫁いでいる。その華燭《かしょく》の典にわずかな羨《うらや》ましさを感じたことを覚えている。

剣を手に取った時にその希望を捨てたはずなのに、この状況になってそんなことを思ってしまう。

だが、その剣も失ってしまった。

永遠にも感じる時と闇の中、そんな思考がずっとぐるぐると回っていた。

しかし、闇は永遠でも、時間は永遠ではない。

ダンジョンの奥深くでマヒ毒を受けてダメかと思ったが、体はわずかに動くようになり始めている。

幸いにも、隠れたこの場所にはモンスターがいなかったようだ。

あと1日ほどで動けるようになるのではないか。

動けるようになったとしても、消耗して剣も失った状態では……地上に生還できる見込みは小さいが、モンスターに遭遇する前にまともな冒険者パーティーに会うことができれば一緒に帰れる可能性はある。

今はこのまま、モンスターに怯えながら倒れているしかない。そもそも倒れていることしかできないけれど。

え？　今、何かが光った気がした。

首も動かないので確認できない。

そう思ってから何度もチラチラと光を感じた。つまり松明が私を照らしたのだろう。

最悪だ。モンスターには2種類いる。視覚を必要とするタイプと、嗅覚や聴覚で攻撃対象を認知するタイプだ。

ゴブリンは前者だ。松明を必要とする。つまり、それを持っているということは……。

「ひっぐ、ぐす……」

捨てたはずだった女としての自分をゴブリンに蹂躙《じゅうりん》されてから死ぬというのは、矜持《きょうじ》の問題というよりも、ただただ恐ろしかった。

ただ……松明の火としては光の調子が少し変だ。

光源を確保するアーティファクトは多い。それなら冒険者の可能性もわずかにある。

だが、私を照らす者は遠くから何かを投げてきた。

身体にダメージを与えるほどの大きさではない。小指の先ほどの小石だと思う。

一体何のために？　何かの確認？　それとも遊び？

遊びという想像にゾッとした。ゴブリンの噂は事実なのか……。

女冒険者は散々犯されてから殺されるというあの噂だ。

でもひょっとしたらと、冒険者の可能性を願わずにはいられない。

行き倒れに見せかけた強盗もいるのだ。冒険者がそれを警戒しているのかもしれない。

わずかな可能性ではあるけど、私はそれにすがる。

「あ、あの……●×■▽○×?」

わずかな可能性も完全に潰《つい》えた。私に話しかけられた言葉は、途中からはわからなかったけれど、モンスター語だった。

ゴブリンだ。

「こ、来ないで!」

「●×■▽○×●×■▽○×●×■▽○×」

半狂乱になった私には、慣れないモンスター語を聞き取ることはできなかった。

「い、いいから来ないで! お願い!」

闇の中、頭の中で増幅されたゴブリンの恐怖にもう半狂乱だった。

なおもゴブリンが何か一生懸命に話しかけてくる。

私は意味もわからず、とにかく近寄るなということを捲《まく》し立てた。

だが、だんだんとゴブリンが言ったことがわかるようになってきた。

「だってアナタ動けないでしょう?」

「動ける!　動けるわ!」

「いや動けてないし……」

きっとゴブリンは下卑た笑いを浮かべながら言ったに違いない。

それは大きな間違いだったと後から知る。

「●×■▽○×」

「や、やめて、犯さないで、殺さないで」

「お、お掃除とかお洗濯とか何でもしますからっ!　殺さないでっ!　ゴブリン様っ!」

騎士としてではなく、女として命乞いをする自分が悲しい。

でもこの時はもう自分を抑えることができなかったのだ。

ゴブリンは自分の顔を見せつけるためなのか、松明で自分の顔を照らしながら上しか見ることのできない私の顔を覗き込んだ。

私は悲鳴を上げて気を失った。

◆◆◆

「ここ、一体どこ？」

見たこともない場所に自分がいることに気が付いた。

倒れていた場所のように暗くはない。

天上に不思議な光を放つ輪があった。

「アーティファクト？」

見たことのないものだが、一部の天才と呼ばれるアルケミストが作り出すオリジナルアーティファクトもある。

それほど大きな部屋でないとはいえ、隅々まで均一に照らし出すようなアーティファクトはそうとしか考えられない。

身体を動かそうとしてみる。

マヒ毒はまだ効いているようだが、目線は自由に動かせるようになった。

床に寝かされているにもかかわらず、適度に柔らかくて心地良い。

見たこともないような精巧な人形が綺麗に並べてある。

まるでここで生活できるかのような場所だった。

部屋？　そう自分で言って気が付いたが、ここは部屋というのにふさわしかった。

まさか……ゴブリンの住み家ではないだろうか。

けれど、ゴブリンがアーティファクトを作ったなど聞いたことがない。

そんなことを考えていると、ふと自分の太ももに何かが乗っていることに気が付く。

鼓動を感じる。生物だ！　ま、まさかやっぱりゴブリン。

冷や汗が出る。動かぬ首を何とか少しだけ起こして自分の下半身を見た。

に、人間の男性だ……ダンジョンの奥に……どういうことだろう。

闇の魔導師だろうか？　ダンジョンには国家に禁じられているような魔法の研究者が生活していることもある。

考えてみれば、並んでいる精巧な人形も少しエッチでいかがわしい。ひょっとしたら呪術に使うものかも。

けれど、男性は悪意のある顔には見えない。

冒険者にしても、平和そうなのほほんとした顔だ。

というか冒険者には見えない。

ひょっとして、世俗を嫌ってダンジョンの奥に隠遁している賢者様ではないだろうか。

この部屋の見たこともないアーティファクトを考えれば、大賢者様としか考えられない。

そして私を助けてくださったのは、間違いなくこの人なのだろう。

いや、このお方と言うべきかもしれない。

「大賢者様、大賢者様」

「うぅぅん」

大賢者様がわずかに私の太ももの上で反応する。

男性に自分の太ももを枕に使われるのなんて初めての経験だし少しこそばゆいけど、意外にも不快ではなかった。

それにこのお方が、私を心配しているうちに疲れて寝てしまったのは何となくわかった。

少しだけよだれを垂らしているのは困るけど。

「大賢者様！」

「うひっ！」

「あ、起きられましたか？」

「イィッ！　枕じゃなくて女騎士さんの太ももじゃんかっ！」

ぷっ。やっぱり大賢者様は疲れて寝ちゃったのね。

安心したらおかしさがこみ上げてきた。

「すすすす、すいません。つい寝ちゃっただけなんです」

ダンジョンの奥深くで、このようなアーティファクトに囲まれて生活なされている大賢者様なのに失礼だけど、何だかかわいらしい。

「そ、そんな、わかってますよ。気持ちよさそうに寝ていらっしゃったのに起こしてしまって、私《わたくし》の方こそ申し訳ございませんでした」

私は上体を起こそうとする。何とか座ることはできた。

◆◆◆

「いつモンスターに襲われてもおかしくない状況で、意識があって目も見えるのに暗闇で……体が動かなくって……本当に怖くて……」

大賢者様はトール様というらしい。

のほほん……もとい温和そうなお顔の通り、とてもお優しい方だった。

命を救ってくれたのに、まったく恩に着せようとするところがない。

でも私は騎士だ。恩は返さなければならない。

けれども、こんなすごいアーティファクトに囲まれて生活している大賢者様に、私ごときが何をお返しすればいいのだろうか。

手持ちもほとんどない。唯一財産といえるものは剣だったが、それも失った。

一生懸命考えたのだけど……こうなると私があげられるものなんて……私自身ぐらい？

ちょっちょっと私は何を考えているんだろう。
ト、トール様はゴブリンではない。そのようなものは望まれないだろう。
いけない。ダンジョンで倒れてしまってから変な考えばかり浮かぶようになった。

死を意識すると性的なことが頭に浮かんでしまうって、冒険者仲間に聞いたことがある。

「ちょっとお風呂にお湯張ってくるね」

え？　お、お風呂？　ダンジョンの中にお風呂が？　にわかには信じられないが、水も燃料もとても貴重なはずだ。

しかも、今お湯を張ってくれているというなら、ひょっとして私のためにだろうか。

「え？　お風呂？　ダンジョンに!?　でもそんな、悪いですよ」

「いいからいいから」

トール様はこの素晴らしい床が敷き詰めてある部屋、床のことは畳と言うらしいが、畳の部屋にまだよく動けない私を畳の部屋に置いて、お風呂のお湯を張りに行った。

どうしてトール様は……貴重な水を使ってまで私に入浴を勧めるのだろう？

ひょ、ひょっとして私を？　それで綺麗にするために。

ま、まさかそんなことはないだろう。

そのような感じはない。純粋な好意だと思う。

「実際に……ダンジョンで汚れているし……恥ずかしいな」

まだきしむ身体の汚れ具合を確認する。

ああああああああ。自分の下半身と、その下にある畳の状況に気が付いた。

私、何てことを！

トール様が戻ってくる。

「って、えぇぇ!?　何で土下座!?」

「も、もももももも申し訳ございません。お風呂と言われたので気が付いたのですが……私《わたくし》、何てみっともないことを……」

その上、トール様にとんでもない勘ぐりをしてしまった。こんな汚い娘にそんな気になるわけがない。

ああ、私のバカバカバカ。元であっても騎士道精神は捨てていないつもりだったのに、騎士の風上にも置けない。

「いや……マヒしていたらトイレもできなかったでしょ。僕も驚かせちゃったからしょうがないですよ」

ううう。それだけじゃないです。

恥ずかしすぎて言えないけど。

ん？　僕も驚かせたから？　血の気が引いた。

私が失禁してしまったのってここに来てからじゃなく、ダンジョン？　もしくはトール様のお背中？

血の気が引きつつ、顔が紅潮する。無意識にトール様の腰の周りを触る。

「ぬ、濡れている」

おそらく、いや間違いなく、私の下半身を濡らしている液体と同じもので濡れていた。

「あぁ……リアさんを背負って運んだからさ」

「だ、大賢者様に……何ということを……」

「ま、まあまあ。そういう時もあるよ」

「ありません！」

申し訳なさと混乱で涙があふれてきた。

何の涙かもよくわからない。

「す、すみません。大きな声を出してしまって……」

「いや、いいんだよ」

「許していただけても……もう私《わたくし》はお嫁には行けませんね」

自分の言葉で自分の涙の意味がわかって愕然《がくぜん》とした。

私は事ここに至って、身勝手にも捨てたはずの女の幸せを考えたのだ。

本来ならば自害をして果ててもいい恥だ。

「行けなかったら僕がもらいたいよ……」

「えっ？」

トール様が赤い顔をそらす。

さ、先ほどの言葉は……そういう意味なんだろうか。

い、いや、私は女を捨てた騎士で、いや、でも元だし。

「な、なななななな何言ってるんですか⁉　大賢者様」

いやいや、でもこんな私の恥ずかしい姿を見られたのはトール様だけだし。

「いや、ま、まあさ。冗談……かも……ねえ……」

冗談？　頭が真っ白になる。おかしい、何も考えられない。

「冗談……なんですか？」

自分が怒っているのはわかるが、なぜ命を救ってくれてどこまでも親切にしてくださった大賢者様に怒らなくてはならないのか。

もう理由もわからなくなっていたが、とにかく笑顔を作ることだけに注力した。

「いや、言っていい冗談と悪い冗談ってありますよね」

「そうですよ。男子に二言はないですよね？」

私は何のことか意味もわからないまま、男子に二言はありませんよねとトール様に詰め寄っていた。

「そ、そうそう、男子に二言はないですよ」

それを聞いた瞬間、私はなぜか急に気恥ずかしくなって、トール様の顔が見ることができなくなった。

「お風呂行って来ます。どこですか？」

とりあえずお風呂に逃げようとした。

「ああ、待って待って。いろいろ教えることがあるから」

そう言うとトール様はまだ体がよく動かない私を気遣って、手を引っ張って立たせてくれた。

何というか恥ずかしい。

騎士としてみっともない姿を見せてしまった、という恥ずかしさではないような気がする。

トール様の平和そうな……もとい温和な笑顔の前だと、つい自分が騎士として生きていることを忘れそうになってしまう。

◆◆◆

お風呂は最悪だった。

いやお風呂自体は最高だったのだけど、大賢者様のアーティファクトの使い方がわからず……失禁よりも恥ずかしいことに。

もう私、死に体。いや死にたい。

けれどトール様は、私が何をしても笑って許してくれる。

私はいけないと思いつつも、次々と際限なく甘えてしまう。

ダンジョンに1人で倒れたことで暗い部屋に1人で寝るのが怖くなった私は、トール様と一緒に寝てしまった。

「あのさ、リア。このマットレスのアーティファクト気持ちいいから一緒に寝ます？　いや寝ましょうよ。アーティファクトの自慢をさせてください」

トール様は笑ってそう言ったけど、私の事情をくんでくださったに違いない。

◆　◆　◆

トール様と寝てしまった。一緒のベッドで朝まで過ごした。

とはいっても、トール様が暗い部屋で寝るのが怖くなった私と一緒に寝てくださっただけだ。

いかがわしいことは、断じて何もしていない。

で、でも一緒に寝てくださっただけで……それでいいのかしら。

男性はそばに女性が寝ていたら、そういうことがしたくなるものと聞いたことがある。

トール様にとって、よっぽど私は魅力ないのかな。

あるいはトール様は誠実なので、そんなことはしないのかもしれない。

ちょっと悲しいから後者であってほしい……。

ふと、まるで自分がそれを望んでいるかように考えていることに気付く。

ちょっちょっとリア。元騎士として恥ずかしいと思わないの！

でもトール様にはもう恥ずかしい姿をいっぱい見られているのだ。


トール様とこの部屋は、どこまでも安心できて優しかった。

騎士として生きてきた今までの自分を保つのがとても難しい。

このままだと、本当にトール様に甘えきってしまうだろう。

悲しいけど、回復したら帰らないといけない。

楽しい時間は早い。というかコーラというアーティファクトでマヒ毒はすぐに癒えて、体力の方も快適な空間ですぐに回復した。

けれど私はすぐには地上に帰れない事情もあった。

「ひょっとしてリアは、すぐにはダンジョンから地上に戻ることができないのでは？」

トール様はそれも察してくれていた。

「はい……実は仲間がいたのですが……その、えっと……はぐれてしまって、剣も失ってしまいまして。私《わたくし》1人では地上には」

ひょっとして私に帰ってほしくないのかな……それはいくらなんでも自分に都合よく考えすぎだよね。

やはり普通に考えれば、私が滞在していることはご迷惑になっているだろう。

「ダンジョン探索に来た冒険者がここの近くを通ることもあると思いますので、その際に同行しようと思います」

「でも、そんなにすぐ通るのかな？　同行を拒否する冒険者もいるかもしれないし」

「場合によってはかなりかかるかもしれません。毎日ダンジョンで待てば、1週間以内にはきっと」

「1週間ぐらいか」

「それまで大賢者様の所に置いてくださってもご迷惑ではないでしょうか？」

もしここで少しでも迷惑がられれば、１人でも武器がなくても地上を目指してダンジョンに赴くつもりだった。

けれどトール様は。

「迷惑だなんてそんなことないですよ！　何たって僕は大賢者ですから！」

何の戸惑いもなくそう言ってくださった。

ふと思う時がある。トール様はこれだけのアーティファクトを擁してダンジョンの奥に居を構えているのに、時折ひどく普通の男性に見える時がある。

それがとてもすてきなのだけれど。

「何なら……ずっといてくれてもいいよ」

大賢者様は私が気兼ねなく滞在できるようにそう言ってくださっているのだろう。

それでもあまりのうれしさに涙があふれてくる。

「うれしいです……けど私《わたくし》も地上に戻らないといけないので……」

「そ、そうだよね……」

でも本当に嫌いな子に、ここまで親切にはしないよね。

恥ずかしいことばかりしている私だけど、そう思いたい。というよりも、そうあってほしかった。

なら、前から考えていたことを勇気を出して聞いてみたいと思う。

「でも、またこの部屋に……トール様に会いに来てもいいですよね？」

トール様は満面の笑みを浮かべてくれた。

「もちろん！　いつでも来てください」

騎士としてどんな敵と戦った時よりも大きな勇気を出した甲斐があった。

いや、心の奥でずっと感じていた、女としての私の気持ちの方が強かったのかもしれない。

こうして私は、他の冒険者パーティーと遭遇するまで、すてきな大賢者様としばらく生活することになった。

トール様のいつでも来てくださいというお言葉を信じることにします。

今度は騎士としてでも冒険者としてでもなく、ただの女性としてまたこのお部屋に来たいと思う。

そして、できることなら……トール様の前では……もう少しかわいくなりたい。

私を女として見てくださるまで、何度だって会いに行きますからねっ！

あとがき

東国不動と申します。

本作『僕の部屋がダンジョンの休憩所になってしまった件』は、『小説家になろう』というＷｅｂサイトに投稿した作品を大幅に改稿し、加筆したうえで書籍にしたものです。

そのため、「はじめまして」ではない方もいるかもしれませんが、あらためてよろしくお願いします。

ところで『小説家になろう』から書籍化されている作品は、舞台のほとんどが異世界です。内容も冒険を中心としたものが多いかと思います。そんな中、『僕の部屋がダンジョンの休憩所になってしまった件』はダンジョンを舞台に冒険もしますが、日本の街やマンションの部屋を舞台に異世界の女の子と生活をするという、いわゆる日常系的な要素も多くあります。

『小説家になろう』の他の書籍化作品とは少し違った本作を、この度創刊タイトルにしてくださったツギクル様の冒険心には頭が上がりません。

また素晴らしいイラストを描いてくださったＪＵＮＡ様、編集やデザイン、製本、流通、販売などのお仕事で本作に関わってくださった方々、そして何よりこの本を手に取ってくださった皆様に、この場を借りて厚く御礼申し上げます。

SPECIAL THANKS

「僕の部屋がダンジョンの休憩所になってしまった件」は、コンテンツポータルサイト「ツギクル」などで多くの方に応援いただいております。感謝の意を込めて、一部の方のユーザー名をご紹介いたします。

Po-Ji　心環一乃　遊火

わたるん　キヨ　東雲 飛鶴　おかず 250
こもれび　せらだま　暁える　プンジーサン

曖昧ミール
Win-CL
たい
遊紀祐一（ユウキ　ユウイチ）
遊
長門
とっぴんぱらりのぷ～
でもん
kizuna_towryk
あぽぴょん
ラノベの王女様
シン
愛山雄町
橘 春流
志水健二
超巨乳美少女 JK 郷家愛花 24 歳
東瀬甲斐
隠れ読者
緋路
YS222
ヨルベス
47AgDragon(しるどら)
沢菜千野
紫龍帝
紳士
藤林　辛ェー
うっぴー
霜月雫

ツギクルブックス

本書に関するご意見・ご感想は、下記のURLまたはQRコードよりツギクルブックスにアクセスし、お問い合わせフォームからお送りください。
http://books.tugikuru.jp/

本書は、「小説家になろう」（http://syosetu.com/）に掲載された作品を加筆・改稿のうえ書籍化したものです。

僕《ぼく》の部屋《へや》がダンジョンの休憩所《きゅうけいじょ》になってしまった件《けん》

2017年2月25日　初版第1刷発行

著者　東国不動《とうごくふどう》

発行人　宇草 亮
発行所　ツギクル株式会社
〒106-0032　東京都港区六本木2-4-5
TEL 03-5549-1184
発売元　SBクリエイティブ株式会社
〒106-0032　東京都港区六本木2-4-5
TEL 03-5549-1201

イラスト　JUNA
装丁　株式会社エストール

印刷・製本　中央精版印刷株式会社

ISBN978-4-7973-8789-6
Printed in Japan